# 小さな命、ゆずれぬ愛

リンダ・グッドナイト 作

堺谷ますみ 訳

ハーレクイン・イマージュ

東京・ロンドン・トロント・パリ・ニューヨーク・アムステルダム
ハンブルク・ストックホルム・ミラノ・シドニー・マドリッド・ワルシャワ
ブダペスト・リオデジャネイロ・ルクセンブルク・フリブール・ムンバイ

*HER SECRET SON*

*by Linda Goodnight*



*Published by Harlequin Japan,*
*a Division of K.K. HarperCollins Japan, 2024*

**リンダ・グッドナイト**

　オクラホマ州で生まれ育つ。以前隣人だった、超人気作家のシャロン・サラがロマンス小説を執筆し始めたのを見て、小さな町の女性でも作家になれるのだと思った。看護師や小学校教師として働き、子育てをしながら、ライターたちの集まりに参加しつづけて作家デビューした。6人の成人した子供がいる。

## 主要登場人物

**ハーロウ・マシスン**……牧場経営者。
**ガス・マシスン**……ハーロウの祖父。愛称ポピー。
**デイヴィス・マシスン**……ハーロウの息子。
**モンロー・マシスン**……ハーロウの妹。
**テイラー・マシスン**……ハーロウの末の妹。
**ナッシュ・コービン**……デイヴィスの父親。プロスポーツ選手。
**スターリング・ドーシー**……ナッシュのエージェント。
**ミッキー・エイブルマン**……ナッシュの弁護士。

# 1

寒くて、びしょ濡《ぬ》れで、疲れ果てたハーロウ・マシスンはぐったりと鞍《くら》にもたれ、月毛の愛馬バーがマシスン牧場の南方へ向かうに任せた。こんな日には、自分がなぜ二百エーカーの泥と草の塊を破綻から守ろうと必死になっているのか疑問を覚える。

分厚い雲から冷たく鋭い雨がひっきりなしに落ちてきて、ハーロウと馬と大地を打ち据えていた。

この強風と豪雨の中、二十八番の母牛がどこかで出産中なのだ。その母牛と不運な子牛を見つけることは、ハーロウにとって失うわけにいかない大金を見つけるのと同じだ。もし脚を骨折していなければ、妹のモンローも馬に乗って高木限界や小川《クリーク》の岸を捜索していたはずだ。祖父のポピーはこの悪天候では、いいえ、どんな天気でも、もう無理だけれど。今やマシスン牧場のすべては私の肩にかかっている。さらに家出した子も含めて家族全員の世話も私の責任だ。というか、家出した子のことは特に心配している。でも自分の意思で家を離れた二十四歳のテイラーを〝家出した子〟と呼べるの？

厳密には呼べないかもしれない。ただしハーロウとモンローにとっては、やはりそうなのだ。

ハーロウは三人姉妹の一番上で、末の妹テイラーは彼女が育てたようなものだ。その末っ子があっさり出ていったことにまだ心を痛めていても、当面は悪天候下で出産した母牛と子牛を捜すという緊急の課題に集中しなくてはならない。

雨は滝のように降り注いでいる。〝ヒキガエルも窒息死する雨〟とポピーなら言うだろう。祖父は何事にも一家言ある人なのだ。

ハーロウは脚を使ってバーに指示を出し、今度は東の方角へ進んだ。腰の高さまであるイバラの藪《やぶ》が何エーカーも続く地域だ。とげだらけの深い藪をかき分けての捜索は、彼女も馬もしたくない。だが出産中の牛が隠れるとしたら、まさにこんな場所だろう。生まれた子牛ともども、雨で増水したサンダウン・クリークで溺れていなければの話だが。

〝若い牝牛《めうし》は決まって最悪な天気の日に逃げ出し、どこかに隠れて初めてのお産をする〟

これもまたポピーの持論だ。そして今回も祖父は正しかった。こと家畜に関しては、祖父は常に正しい。ところが相手が人間だといつもだまされる。

ハーロウは身震いした。体は芯まで冷えきり、顔は雨水の水路と化している。強風と豪雨に乱されないよう三つ編みにまとめた髪の先からも水が滴っていた。ウエストまである長い三つ編みは、ここオクラホマ州を流れるノースカナディアン川と同じ赤褐色だ。パーカーのフードの上からかぶったステットソン帽は雨除《あまよ》けになっておらず、帽子の縁から雨水が流れ落ちて視界をさえぎっている。

そのせいで、百メートルくらい先から馬に乗ってこちらへ向かってくる男性を見逃すところだった。男性は鞍に覆いかぶさるように姿勢を低くしている。鞍前部の突起《ホーン》に鼻がつきそうだ。

ハーロウは濡れた顔を手でぬぐい、目を細めてみたが、叩《たた》きつける雨に阻まれてよく見えない。

それでもあの男性は、どことなく危険な感じがする。何かがおかしい。

僕は間もなく死ぬんだ、とナッシュ・コービンは思った。もう長くは持ちこたえられない。正直、ずぶ濡れの黒い地面が寝心地よさそうに見える。それくらい疲れきっていた。馬が一歩進むごとに体の痛みがどんどん増し、腕の力が衰え、つかんでいるホーンを放しそうになる。もう姿勢を保てない。地面に転げ落ちそうだ。いっそ落ちてしまいたい。横になりたくてたまらない。

明日かあさってには雨が弱まり、通りかかった誰かが泥の中にうつぶせに倒れた僕を見つけるだろう。伝説的人物《レジェンド》はたいていそんな死に方をするものじゃないか？ 独りぼっちで芳しからぬ状況で死ぬのだ。僕はまだレジェンドの域に達してはいないが、死ねばすべてのスポーツ番組と新聞がニュースとして取りあげるだろう。

自分の行く先を誰かに知らせておくべきだったが、あまりの事態にショックを受け、怒りに任せてフロリダの自宅を飛び出してしまった。携帯電話をデスクの引き出しに放りこみ、コルベットに飛び乗り、オクラホマの牧場をめざしてまっしぐらに走った。そこにナッシュの家があることは、今の彼を取り巻く誰一人、彼のエージェントでさえ知らない。エージェントに知られていないことは特に重要だ。

再び鋭い痛みに襲われたが、うめき声を抑える力はもう残っていなかった。普段のナッシュなら、哀れなうめき声などこらえただろう。だが今回は、胸の奥から苦痛と絶望の叫びがもれてしまった。どうせ誰も聞いていやしない。

開いた唇から横殴りに吹きつける雨が入りこみ、彼は口を閉じて身震いした。ここはどこだろう。道を間違えていなければ、僕の牧場から遠くはないはずだ。もっとも、間違えていても意外ではないが。最近は間違った道ばかり選んでいるのだから。

いつも頼りになる黒馬ドリフターですら、ここはどこなのかと困惑した様子だ。乗り手同様疲れて元気がなく、頭を下げてとぼとぼ歩いている。

この土砂降りでは馬も乗り手も周囲が見えない。

激怒し無鉄砲に馬を駆りながら、人生がこれほど手に負えない状況に陥った原因を考えていたので、ここまでどれくらい走ったか見当もつかなかった。

そして森や野原をさまよううちに雨が徐々に強まり、さらには不意に人生最悪の腹痛に見舞われた。まるで神が本気で僕を罰したがっているかのようだ。

チームのスターレシーバーで優勝決定戦《スーパーボウル》で最優秀選手《MVP》に輝いたナッシュ・コービンが、今まさに落馬して、痛めていないほうの肩まで壊し、泥の中でのたれ死ぬところだと知ったら、コーチは文句たらたらだろう。チームのドル箱選手は、それでなくてもすでに十分調子が悪いのだから。

一度、二度と額がホーンにぶつかり、前かがみになっていたナッシュは姿勢を正そうとしたが、またしても腹痛に襲われた。肩の腱板《けんばん》断裂以上の激痛だ。弱い男なら泣いたかもしれない。しかし大きくて強いプロフットボール選手は泣かない。怪我《けが》も病気も雨も雪も厳寒も関係なくプレーするのだ。

ナッシュ・コービンは体が耐えきれなくなるまでプレーした。

そして死に際の今、観衆の大歓声を、金と名声と勝利の興奮を、日曜日の試合前には必ず教会の礼拝に出席するよう母に言われたことを思い出した。

だが教会へは行かなかった。金と名声を得ることに夢中になりすぎていたのだ。

「母さん、ごめんよ」彼は低くうめいた。

すると、左頬骨の上にえくぼのある見慣れた母の顔が目の前に現れた。緑色の瞳は心配そうだ。いや、母のはずがない。父が亡くなり、母は外国へ行き、この国には僕とドリフターと大勢の取り巻き連中しか残っていない。取り巻き連中は、僕が文なしだとわかったとたんに去っていくだろう。というか、たぶん僕が黙って姿を消した時点で、すでに僕を見限っているだろう。携帯電話も置いて出てきたから。フロリダの現状は確かめようもないが。

絶望に打ちのめされたところで次の痛みに襲われ、

もう持ちこたえられなかった。試合中はどれほど負傷しようとも倒れなかった鉄の男ナッシュ・コービンも、ついに気を失い闇にのまれた。

豪雨対応の長いレインコート《スリッカー》の裾が強風にあおられ、ステットソン帽も飛ばされそうだ。ハーロウは顎を下げ、このぬかるんだ土の上では危険なスピードでバーを駆った。頑強な牛追い馬は勇敢に乗り手の指示に応え、泥を蹴りあげる蹄《ひづめ》の音があたりに響き渡った。

近づいてくる男性は鞍から落ちかけており、広げた両手はむなしく宙をつかむばかりだ。地面がぬかるんでいるとはいえ、落ちればかなりの衝撃を受ける。それにいったん落ちてしまったら、あの大きな体を女一人の力で馬上に戻すことは不可能だ。

本人はなんの助けにもなってくれそうにないし。

大急ぎでバーを黒馬の横につけ、ハーロウは男性の近いほうの肩に手を当て、思いきり鞍の上へ押しあげた。男性の口から苦しげなうめき声がもれたが、かまわず押した。華奢《きゃしゃ》な彼女には男性が落ちないよう支えるのがやっとだ。小柄なわりに力はあるほうなのだが。しょっちゅう子牛と格闘して無理やり囲いに入れたりするから強くならざるを得ない。とはいえこの男性は、乗っている黒馬同様、背が高くたくましく、とにかく大きい。

「大丈夫ですか？」彼女は雨に負けじと声を張りあげた。ばかげた質問だった。「どこが悪いんです？話せますか？」

答えはない。耳をつんざく雨音が聞こえるだけだ。

ほんの一瞬、ハーロウは目を閉じて考えた。

早く見つけないと子牛が溺死するかもしれない。母牛も弱って死ぬかもしれない。二頭を失えば、どうしても必要なお金を失うことになる。

しかし良心がとがめて覚悟を決めた。危機にさらされた人を救うことは、常に金儲《かねもう》けに優先するのだ。

「神よ、力をお貸しください」彼女はつぶやいた。

「さあ、大男さん。この雨から脱出するわよ。あなたを鞍に縛りつけるけど、おとなしくしててね」

まあ、暴れるわけもないけど。

よくしつけられたバーは、今はじっとしているべきときだと本能的に悟り身じろぎもしない。ハーロウは自分のホーンに巻いてあった投げ縄を男性の体に投げた。馬を下りると、泥沼と化した地面にブーツが足首まで沈んだ。暴れる子牛をすばやく縛る要領で、彼女は男性を馬と鞍に縛りつけた。男性はうつぶせで、顔がホーンについている。これで、落馬して溺れ死ぬ心配だけはなくなったわ。

そこで、男性になんとなく見覚えがあることに気づいた。よく知っている人のような気がする。まさか……うなじに鳥肌が立った。いいえ、ナッシュのはずがない。どれほど肩幅が広く背が高くても、彼のわけがない。もしナッシュなら、ここへ置き去りにして勝手に溺れ死んでもらうまでだわ。

うるさい良心がまたもちくりと痛んだ。三年前、自分の人生をイエス・キリストにゆだねてからは、たとえ犠牲を払っても正しいことをしようと決めている。ただ、もしこの男性がナッシュ・コービンなら——どうやらその可能性が高いけれど——私は彼のせいですでに多くの犠牲を払っているのだ。

でも神は今まで私の多くの過ちを許してくださった。これ以上過ちを重ねて神を悲しませたくない。たとえナッシュに再会するという犠牲を払うことになっても。

うつぶせの男性は帽子をかぶっていないが、濡れそぼった髪は色がはっきりわからない。ナッシュの髪はつややかな栗《くり》のような深みのある茶色だ。その髪も顔立ちも体躯《たいく》も女性を惹《ひ》きつけてやまない。ところがかつてここにいたころ、ナッシュは自分の魅力に無関心でひたすらフットボールに打ちこんでいた。フットボールこそが、大嫌いな牧場とサンダウン・ヴァレーを抜け出すための切符だったのだ。

別に彼のことなど何一つ思い出したいわけではないが。かつて私の親友だったナッシュはその後、最低のろくでなしに変わった。

どうかこの男性がナッシュではありませんように。

ハーロウは自分のスリッカーを彼にかけてあげようかと考えた。愚かな男性は、この悪天候下に薄いジャンパーをはおっているだけだ。フードがついていたのでせめてそれをかぶせようとして、彼女はふと手を止めた。首の後ろに丸い小さなケロイド状の傷跡がある。ナッシュにも同じ傷跡があった。

彼の肌のぬくもりが冷たい指先に伝わり、ハーロウは慌てて手を離した。

ああ、なんてこと。彼だわ。ナッシュ・コービン。二度と会いたくない、顔も見たくない相手。

彼は私の土地で何をしているの？　なぜここにいるの？　出ていったとき、牧場にもこの町にも二度と足を踏み入れないと誓ったはずなのに。

彼はその誓いを守ってきた。今日までは。

男性がまた苦しげにうめき、ハーロウはすかさず行動に移った。ナッシュであろうとなかろうと、彼には助けが必要だ。私がすぐに何かしないと、ますます危険な状態になるだろう。

ハーロウは黒馬の手綱を片手で持ってバーに飛び乗り、自宅へ向かった。私が一家の敵を我が家へ運びこんだと知ったら、家族はなんと言うかしら？

少なくとも、祖父がなんと言うかはわかっている。ポピーはいつだって正しいことをする。祖父の倫理観は魂の奥底に染みついた神の教えそのものなのだ。一方ナッシュは正しいという言葉の意味も、倫理や名誉とは何かも知らない。金持ちになることを望み、そうなるためなら誰を傷つけても気にしない、あさましい低俗な性悪のろくでなしだ。

ハーロウは歯を食いしばった。考えたくない疑問と不安で胸騒ぎがして、胃が痛くなってきた。

ナッシュはなぜ今帰ってきたの？　この四年間、一度も帰省しなかったのに。かつては活気に満ちていたコービン牧場は、牧草も刈られないまま雑草だらけの八十エーカーの荒れ地になってしまった。家屋は鳥とネズミとスズメバチの住み家だ。

大雨で新たにできた細い流れや水たまりをよけ、ハーロウは黒馬を先導して進んだ。その間、後ろを振り返っては男性の様子を確かめた。首が力なく上下に揺れるだけの彼はまるで死んだように見える。

冷たい雨と醜い考えに、ハーロウは身震いした。いいえ、ナッシュに死んでほしいわけじゃない。彼を憎んではいない。ただ、この場から消えてほしいだけよ。

## 2

西方で雷鳴がとどろき、稲妻が暗い空を切り裂いた。一瞬の閃光《せんこう》が、二階建ての母屋といくつかの離れ家をぼんやりと照らし出す。

やっと着いた。暖かな我が家に帰り着いたのだ。でもあそこには、招かれざる客に唖然《あぜん》とする家族が待っている。

ハーロウは背後の黒馬の手綱を引き寄せてバーの横に並ばせると、バーを促して表門へ向かった。

鞍《くら》から身を乗り出し、門の掛け金を開ける。幸い、今日は引っかからずに開いた。ほっとしつつ、庭を通ってポーチへ馬を進める。低いポーチの屋根の下へ入り、やっと雨から解放された。だがブリキ板を激しく叩《たた》く雨音を聞くと、見つけられなかった家畜がますます心配になってきた。

もし神が見ていらっしゃるなら、ろくでなしのナッシュを助けた私の行為を評価して、ご褒美に母牛と子牛を助けてくださらないだろうか。あの二頭はマシスン一家にとって、厄介者の人間一人よりずっと貴重なのだ。

ハーロウは馬から下りてずぶ濡《ぬ》れのステットソン帽を脱ぎ、長いポーチにずらりと並んだ戸外用の肘掛椅子の上へ投げた。雨はナイヤガラの滝のように屋根から流れ落ち、水のカーテンを作ってポーチの床で跳ね返り、床板の隙間を流れていく。

隣人は相変わらず無言のまま、ぴくりともしない。ナッシュを友人と呼ぶ気はないが、隣の牧場の持ち主であることは確かだ。軽く首に触れると脈はあるから、何かの病気で意識を失っているだけだろう。

この暴風雨の中、なぜうちの牧場を馬で走ってい たの？ 具合が悪くなって助けを求めに来たとか？そもそもなぜサンダウン・ヴァレーへ戻ってきたの？ 出ていってから一度も帰省しなかったのに。

苛立《いらだ》たしげに鼻を鳴らし、ハーロウは服と髪からできるだけ水を絞った。そして最大の問題に注意を向けた。

ナッシュが戻ってきた理由など知ったことではない。とにかく肝心なのは、具合の悪い彼を回復させ、私の家族にさらなる災難をもたらす前に本来の居場所へ戻すことよ。

ハーロウは玄関のドアを押し開けた。

優秀な牛追い犬、コリーのオリーが脚に飛びつき、いつもどおりやかましく吠《ほ》えて歓迎してくれた。

「モンロー、ポピー！ 手を貸してちょうだい」ハーロウは家の中には入らず、ドアから身を乗り出して叫んだ。タイル敷きの入り口には、服から垂れた雨水がすでに水たまりを作っている。

祖父が杖《つえ》にすがって玄関へ出てきた。膝も腰も交換が必要なくらい傷んでいるので、のろのろとしか歩けない。これもまた、ハーロウの頭痛の種だ。解決策がないし、あってもそれを利用するためのお金がない。神がお与えくださるとポピーは言うが、神にはぜひ急いでいただきたいものだとハーロウは思っていた。

「どうかしたのか？」祖父が白い眉を上げた。長年外気にさらされたしわだらけの顔に懸念が浮かんでいる。めったに動揺せず助けを求めることもないハーロウが、うろたえた声で叫んだので、祖父も妹も慌てたようだ。でも叫ばずにいられなかった。ナッシュは私のあらゆる不安をかき立てるのだ。

松葉杖をついたモンローが猛烈なスピードで階段を下りてきた。気遣わしげなしかめっ面のせいで、長く豊かなブロンドの髪で隠そうとしている顔の傷が引きつれて見える。

「いったい何事？　怪我《けが》でもしたの？」妹はいつもどおり単刀直入にぴしゃりと尋ねた。

ハーロウの胸に愛情がこみあげ、半死半生のナッシュを自分の地所で見つけた不安が少し軽くなった。

この二人――脚の悪い年老いた祖父と負傷兵の妹は、どちらも痛みを抱えているのに、私のためなら熊とでも戦うだろう。

私も同じ気持ちでいる。だからこそナッシュの登場に動揺しているのだ。彼は私の家族全員を傷つけたから。そしてその問題を解決するどころか、すまなかったと謝りもしない。

別に今の状態の彼には、謝罪も償いも求めてはいないけれども。

「私は大丈夫よ。全身ずぶ濡れなだけ。でもポーチに具合の悪い男性がいるの」

「男性？」モンローは不快そうに口元をゆがめた。妹はポピーとデイヴィス以外の男性全般を毛嫌いしているのだ。

「うちの地所で落馬しかけているところを見つけたの。危険な状態よ。助けが必要だわ」男性が誰かは言わなかった。どうせすぐにわかることだ。

祖父はすでにポーチへ出て、肩越しに大声で叫んだ。「中へ入れてやろう。ここへ置いといたら流行《はや》り病《やまい》にかかっちまう」ポピーは名前のわからない病気はなんでも〝流行り病〟で片づけるのだ。

「誰なの？　うちの地所で何をしてたの？」モンローがたたみかける。私のお眼鏡にかなわなければ溺死させてやると言いたげだ。

妹のお眼鏡にかなわないのは確かね。「怖くて誰だか言えないわ。とにかく彼を引っ張りこめるようにシーツか何か持ってきて」説明は後まわしにして、ハーロウはポーチへ戻った。

ナッシュは鞍に縛られたまま動かない。祖父は真っ白なカイゼルひげを上下させて何か考えていたが、一つうなずくと言った。「この馬は知っとるぞ」

そうだ、私も気づくべきだった。アイク・クラウダーの牧場を車で通るたび、嫌でもこの馬が目について、ナッシュはなぜ売らずに近所の牧場に預けているのかと思ったものだ。それでもハーロウは黙っていた。ポピーとモンローはもうすぐ気づく。ポピーは決して彼を撃ったりしないだろうが、モンローは撃つかもしれない。何しろ妹はナッシュの悪事を祖父以上によく知っている。とはいっても、祖父も十分知っているのだが。

ナッシュを縛った縄をほどきながら、ハーロウは寒さと今後数分間に起こることへの不安に震えた。彼をちゃんと立たせて、少しでも早く、できれば今すぐにでも、ここから追い出さなくては。

丸めたシーツを手に、モンローがポーチへ出てきた。両脇に抱えた松葉杖にもたれてシーツをポーチに広げると、妹は大きな黒馬が動かないように押さえた。祖父とハーロウは病人をゆっくり馬から下ろし、シーツにあおむけに寝かせた。

その顔を見るなり、モンローは甲高い悲鳴をあげて姉に目を向けた。だがポピーの前では黙っていてとハーロウがかぶりを振ると、言葉をのんだ。

「こいつはたまげた」重労働に息を切らして、祖父が言った。「コービン牧場の坊主じゃないか」

「警察を呼ばなきゃ」モンローがつぶやいた。

「おいおい、お嬢ちゃん。キリスト教徒らしからぬ発言だな。この坊主には助けが必要だ。だから、わしらが助ける。神が罪をお許しになるように、わしらも許してやろう」

モンローは怒りのあまり無表情になったが、ポピーには逆らえない。幼い姉妹三人を義務もないのに引き取って育ててくれた祖父には深い敬意を抱いている。それでもモンローは姉に警告の一瞥《いちべつ》を投げた。

ハーロウは、ナッシュを家へ運びこむのは危険な火遊びだとわかっていた。だがポピーは正しい。キリスト教徒になってからはイエスの教えに従おうと努力してきた。イエスはいつだって困っている人を助けた。罪人をも助けるイエスの良識をまわりの人々が疑ったときでさえも。

そして今、私は自分の良識を疑っている。

ハーロウは不安にさいなまれながら、脚の不自由な家族二人の手を借り、うめき声をあげるナッシュを居間まで引きずっていった。

暖炉に一番近いラグに彼を横たえると、三人は今やまったく生気のない体を見おろした。

彼がどれほど大きいか、ハーロウは忘れていた。

「この濡れた服を脱がさんと」ポピーが言った。

「私には絶対に無理」モンローが冷たく言い放つ。

「毛布とタオルを取ってくるわ」妹は歩きだしたが足を止めて、殺人光線のような視線でナッシュをにらみつけた。「むしろもう一度外に引きずり出して水たまりで溺死させたいくらいよ」

　祖父はモンローに叱責の目を向けた。三人の孫娘たちが幼いころ悪いことをしたときと同じ目だ。

「ほら、この坊主を見てごらん。小さくて弱々しい。母のいない子牛のように哀れな姿じゃないか」

　ポピーは独創的な比喩の達人だ。いつものハーロウなら祖父の比喩を聞いて笑いだしただろう。だが濡れそぼったナッシュが巨大なぬいぐるみ人形のようにだらしなく転がっている姿には、滑稽なところは少しもなかった。

　ハーロウは仮の寝床の横にひざまずき、わきあがる懸念を抑えてナッシュの額に手を当てた。

「すごい熱だわ。それに気を失ってる。救急車を呼ぶべきよ」そして早くここから追い出すべきよ。

　そうしようと立ちあがりかけたとき、力強い指が彼女の手首をつかんだ。

「だめだ。ここにいることを、誰にも知られたくない」

　ハーロウはうんざりして胸が悪くなった。意識を取り戻したと思ったら、人目ばかり気にして。大物のスーパースターは、押しかけたファンにスターらしからぬ姿を見られたくないのね。あるいは、振った女性が追ってくるのを恐れているのかも。

　そんなことは考えたくないが、彼は相変わらず私の知る限り誰よりもハンサムな男性だ。当然ながら、フットボール選手として成功するとともに、そのルックスで多くの女性の人気を集めている。前回チェックしたとき、彼のSNSには百万人以上のフォロワーがいた。ええ、愚かにもチェックしたのだ。

　でもフォローはしていない。四年前も彼を追《フォロー》って故郷を出なかった。今さらフォローするもんですか。

　彼に連絡はしない。貸しはあるけれど何も求めないという誓いをずっと守ってきた。

　ナッシュが私を大切に思うなら、連絡してきたはずだ。ところが彼からは、成功を夢見て出ていった翌週にたった二回、短い電話があっただけだ。あとは本人は来ずに、下劣なエージェントをよこした。その結果、我が家は悲惨な事態に陥った。

「ナッシュ、あなたは重病よ。病院へ行ったほうがいいわ」

彼は右肩をかばいながら起きあがろうとして失敗した。息を切らし痛みにうめいているが、少なくとも意識はあり体を動かせるようだ。

「何か、悪いものを、食った。すぐ治る」苦しげに短く言葉を吐き出し、ナッシュは体を丸めた。「ここにいることを、誰にも、知られたくない」

「それはよくわかりました」彼女は辛辣に応じた。

そのとき、階段のほうから音がした。さっとそちらを見あげて、ハーロウは心臓が止まりかけた。

だめ。来ないで。来てはだめよ。

「マミー？」

手すりからのぞいている幼い男の子から妹へ、ハーロウは視線を移した。モンローはヘッドライトに照らされた鹿のようにその場に凍りついている。

なぜデイヴィスはこのタイミングで昼寝から覚めたの？　どうかナッシュの具合が悪すぎて階段の上にいる小さな子供に気づきませんように。

姉の心を読んだのか、モンローが脚にギプスをはめ松葉杖をついているとは思えないすばやさで階段の下まで移動した。「ハニー、どうしたの？　お腹《なか》がすいちゃった？」

「うん」三歳児は目をこすってうなずいた。

「まだお昼寝の時間でしょう？」ハーロウはナッシュの横にひざまずいたままきいた。病人は目を閉じている。また気を失ったのならいいけれど。

「ハニー、お部屋へ戻ろうね。今、ジュースを持っていってあげるから」モンローが言った。

「動物のビッケットも？」デイヴィスは、居間のラグの上に寝ている見知らぬ男性より、おやつに興味があるらしい。だが考えてみれば、我が家では居間に子牛が寝ているのも珍しくない。三歳児にとっては、牛も人間も似たようなものなのだろう。

「ええ、ビスケットもよ。さあ、急いで」モンローは子供を促すように松葉杖を振った。

ハーロウの胸を喜びで満たすくすくす笑いを響かせて、デイヴィスは子供部屋へ戻っていった。

賢明なモンローは姉のほうは見ずに、約束したおやつを取りにキッチンへ向かった。

ハーロウはゆっくり息を吐いたが、体中がどきどきと脈打っていた。幸いナッシュは目も開けない。やはり具合が悪すぎて子供に気づかなかったらしい。

大惨事は回避できた。

ひとまずは。

だがナッシュがこれ以上長居をすれば、デイヴィスはおやつを食べ終えて一階へ下りてくるだろう。

今すぐ出ていってもらわなくては。

「ナッシュ」ハーロウは彼の肩をそっと揺すった。

彼は返事の代わりに不明瞭にうなった。

「ここにいられては困るの。私たちの手には負えないわ。ドクターに診てもらわないと」

どうして私はこんなに冷静に話しているのかしら。心臓は高鳴り、口はからからに乾いているのに。

不意にナッシュが目を見開いた。ぴんと上半身を起こし、前かがみになってあえぐ。「吐きそうだ」

「青蛙《あおがえる》のスープみたいに真っ青な顔をしとるぞ。立たせてやれ」ポピーが金切り声をあげた。

ハーロウの手を借りて、ナッシュはどうにか立ちあがると、よろよろとバスルームへ向かった。

彼が我が家のバスルームの場所を覚えていたことが驚きだった。都会で成功してからは、この町のことも友達のことも、何もかも忘れたくせに。

「トラックを取ってこよう」ポピーが言った。「あの坊主は医者に診せんといかん。わしが医者へ連れていく。やれやれ、誰にも知られたくないだと！」

「ポピー、トラックは私が取ってくるわ。どうせもうびしょ濡れですもの」

「いや、わしが行く。そう言ったし、そのつもりだ。雨もやんできたしな」おまえの世話にはならんと祖父は喧嘩腰《けんかごし》でハーロウをにらんだ。「わしは年寄りだが、何もできんわけじゃない。病人はわしに任せて、おまえは風邪をひく前に着替えなさい」

祖父がこの口調で話したときは逆らわないことにしている。最近ハーロウは、祖父のプライドと健康を秤《はかり》にかけてバランスを保つという綱渡りをしているのだ。今回はプライドのほうが大事。雨はポピーの健康を害するほどではない……と思いたい。

もちろん〝流行り病〟にはかかってほしくないが。

祖父が出ていくと、デイヴィスのおやつを手に階段を上りかけたモンローが、バスルームに目をやって噛《か》みつくように尋ねた。「いったいどうするつもり？　あの嘘《うそ》つきでろくでなしのハゲタカをデイヴィスに近づけるわけにいかないわ。もっと言えば、私たちの誰にも近づいてほしくない」

「ええ、わかってる」ハーロウは小声でささやき返した。「私だって彼は好きじゃない。でも、ほかにどうしろというの？　ナッシュは現にここにいて、しかも病気なのよ。私たち一家をひどい目に遭わせた彼を軽蔑してるけど、彼の別の悪行まで暴露してポピーをさらに悲しませたくないわ」

「話せばポピーはナッシュに散弾銃を突きつけて、男らしく姉さんと結婚しろと言うでしょうね」

「ええ。実際、私の妊娠を知ったとき、ポピーは約束してくれたもの。相手の名前を言いさえすれば、その男に正しく対処させるとね」

「でも姉さんは絶対に言わなかった」

「理由は知っているでしょ。ナッシュと私はつき合っていなかった。私はずっと彼に恋していたけれど、ナッシュは私を友達としか思ってなかったのよ。彼は一生の夢を叶《かな》えたところだったのに、それを私の妊娠で台なしにしたら、きっと憎まれていたわ」

「そうかもね。でも姉さんとデイヴィスの面倒を見るよき父親になって人間として向上したかも」

「彼に〝向上〟してほしいなんて思ってなかった。私はただ――」

モンローは姉の肩に手を置いた。「愛とかロマンスとか、ばかげたものが欲しかったのよね」

「愛が欲しいと思うことはばかげていないわ。私自身は、愛される夢をとっくにあきらめたけど」

モンローは悲しい目をしてかぶりを振った。「愛は喜びより苦しみを与えるものよ。私は二度とあんな悲痛を味わいたくない。姉さんにも味わってほしくない」

ハーロウは妹の肩を抱いた。妹は軍人に恋をして、彼を追って海軍に入った。ところが理想の王子様は醜い蛙だとわかったのだ。

ナッシュも同じだ。ただし彼は私の恋心に気づいていない。モンローの相手は気づいていたのに、妹の心と信頼を打ち砕き、キャリアまで台なしにした。

「今は私の話より、彼をどうするかよ」モンローはバスルームのドアを松葉杖でさした。

「まだ決めていないわ」

「デイヴィスが彼の息子だと知られたくないなら、早く決めたほうがいいわよ。金持ちの彼に親権裁判を起こされたら、私たちに勝ち目はないもの」

「ナッシュがデイヴィスを欲しがるはずないわ」

「わかるもんですか」

確かに。でも彼は私を欲しがらなかった。それなのに、どうして私たちの子供を欲しがるだろう？

とはいえ、ハーロウは息子の誕生を隠したことを久しぶりに後ろめたく感じた。昔のナッシュ――高校時代、私が恋に落ちたナッシュは、私を友達としか見ていなかったが、善良で正直な少年だった。二人の間に一度だけ起きた出来事については、大丈夫だったか確かめる電話をくれた。ただ、その時点ではまだ妊娠が判明していなかった。それに電話で謝られて私は傷ついた。

あの出来事をナッシュが後悔しているとわかったからだ。彼には大きな計画があり、私も赤ん坊もその計画に含まれていなかったのだ。

それだけなら甘く切ない思い出として彼を許せたかもしれない。

だが現在のナッシュは、昔の善良な少年ではない。多くのファンともっと多くの金を持つスーパースターであり、私の心を砕き、私の家族全員を平然とだまし、一家を破産寸前に追いやった悪党だ。

でもその一方で、彼は私に人生最高の贈り物を、デイヴィスを与えてくれた。

# 3

ポピーことガス・マシスンのピックアップトラックの助手席で、ナッシュはひんやりした窓に頭を預けた。体は高熱で燃えるように熱く、胃はスパイクをはいた百四十キロの前衛《ラインマン》に踏みつけられたみたいに痛む。

「ガス、うちの牧場へ行ってほしい。だいぶよくなってきた」襲ってくる吐き気の合間に彼は言った。

ガスは横目でナッシュを見て低くうなった。「よくなったようには見えんが」

これほど気分が悪くなければ笑ったかもしれない。物心ついたときから知っている年配の牧場主は少しも変わっていない。真っ正直で善良な言行一致の人であり、ぶっきらぼうに本音を吐く。

ガスは正しい。ドアにもたれているおかげでどうにか体を起こしていられるが、見た目どおり体調は最悪だ。「何か食べ物に当たったんだ」確信はないけれど、いちおうそう言ってみる。

「何を食った？ 腐ったワニの肉か？」

「生きてるワニを。腹から這《は》い出そうとしてる」

ナッシュの狙いどおりガスは低く笑った。「病院まで運んでやってもいいんだぞ。別に手間じゃない。本当に自分の牧場で一人きりで大丈夫なのか？」

いいや、大丈夫ではない。「はい」

ガスは前方の泥水だらけのでこぼこ道に向き直った。再び雨が強まり始め、フロントガラスを激しく叩《たた》いている。「おまえにはチームドクターってやつがついてるんだよな？」

「もちろん。そのドクターを呼びます」今日は呼ばないが。たぶん明日も。だが、いつかは呼ぶ。

「まあ、それならいいだろう」ガスはトラックをUターンさせて、ナッシュの家へと続く雑草に覆われた私道を進み始めた。煉瓦《れんが》造りのちっぽけな平屋建ての牧場住宅はもともと大したものではなかったが、今やみすぼらしい。傾いた車庫の下の真っ赤なコルベットが滑稽なほど場違いに見える。早急に何か手を打たないと、あの車は代金未納で回収されて僕は徒歩で移動するしかなくなる。

だが目下のところは具合が悪すぎて生きているのがやっとだ。ほかのことまで気がまわらない。

ガスはトラックをできるだけ玄関ドアに近づけて止めると、ナッシュの顔をじっと見た。

人生の先輩の経験豊富な目が多くを見抜かなければいいが、とナッシュは思った。自分の過ちを誰かに知られるのはいたたまれない。

「ハーロウがおまえを見つけたのはまさに天の恵みだ。たとえどんな罪を犯そうとも、神はおまえをお見捨てにならなかった」ガスは優しく言った。

体が弱りすぎて、ガスの言う罪とは何か尋ねる気力もなかった。過去四年間、確かに敬虔《けいけん》な生活は送ってこなかったが、パーティに明け暮れていたわけでもない。金儲《かねもう》けしか眼中になかったのだ。

ところがその金を全部失ってしまった。この崩れかけた牧場以外、もう何一つ残っていない。恥知らずなエージェントにすべてを託したせいで。

ナッシュの唇からうめき声がもれた。僕は愚かだった。世間知らずの子供だった。父が一生かけてこの牧場からなんとかひねり出した額以上の金を一年で稼げる。そんな約束に目を輝かせていたのだ。

だが今は、そのことを考えるには体調が悪すぎる。考えると、この激しい腹痛並みに心まで痛みだす。

「ガス、送ってくれてありがとう」

「具合がよくなるまで、おまえの馬の面倒は見てやる。助けが必要なときは電話しろよ、坊主」

「了解」だが無理だ。電話がない。

右肩は力が入らないので、ナッシュは左手でトラックのドアを押し開けた。ゆっくり地面に足をつくと、膝ががくがく揺れた。相手エンドゾーンにボールを持ちこもうとして不意打ちを食らい、意識を失ったときより激しい揺れ方だ。あのときはタックルされてもボールを放さずタッチダウンを決めた。ただし、その瞬間は覚えていない。恐ろしくて一度しか見なかった試合の映像では、倒れた自分は死んだように動かなかった。

今回は倒れる前にトラックに寄りかかったが、そこでまた腹痛が襲ってきた。ナッシュはうめき声をこらえ、痛みが治まるのを待ちながらその場でたっぷり五秒間は硬直していた。

目ざといガスにはお見通しだった。「手を貸そうか？　家の中へ入れてやるくらいはできるぞ」

いいや、ガスにはできない。百九十三センチ、百七キロの僕を運ぶのは、大柄な男数人がかりでも大変だ。ガスは小柄で細く、しかも八十歳だ。

「一人で大丈夫です」本当は大丈夫ではないが、それをガスに悟らせるつもりはない。自力で家の中へ入ってみせる。自力ではまっすぐ立っていることもできなかったものの、それでもナッシュはトラックから離れた。家までの距離は百キロ以上ありそうだ。

ガスはもう一度じっと彼を見てから別れの挨拶代わりにうなずいた。

ナッシュもうなずいて挨拶を返した。手も振りたかったが、足を一歩また一歩と前へ出すだけで精いっぱいだ。片手を上げる余力はない。それから体を二つに折り曲げて玄関前のステップを上がり、家の中に入った。

居間に着くなり、彼はソファにどさりとくずおれた。ソファから埃《ほこり》が舞いあがったが、横になれてこれほどありがたく感じたのは初めてだった。

もしあの豪雨の中でハーロウと行き合わなかったら……自分がどうなっていたか考えたくもない。

まだ落ちこんでいるし、傷つき、呆然《ぼうぜん》として、しかもまだ破産したままだが、とにかくなんとか無事に自分の家へ帰り着けたことがうれしかった。

ハーロウのおかげだ。

ここ一時間の出来事を思い出そうと、ナッシュは眉根を寄せた。

なぜ彼女と再会することになったのだろう？

ハーロウの顔がまた心に浮かんだ。赤褐色の三つ編みからは雨が滴り、はしばみ色の瞳には固い決意が宿っている。

ハーロウ。懐かしいハーロウ。

最後に考えたのも、次に目を開けたとき最初に心に浮かんだのも、隣に住む女の子のことだった。

たぶん、かつては親友だった彼女に久しぶりに再会したからだろう。そして今日、彼女は僕を救ってくれた。詳細をはっきりとは思い出せないが、助けてくれたのは確かだ。待てよ。あれは今日のことなのか？　それとも一夜寝て、もう翌日か？

わからないが、どちらでもいい。いずれにしろ、僕はどこへも行かないのだから。

頭痛はするものの、幸い胃のほうは激痛の発作が治まってちくちく痛む程度だ。

起きあがって着替え、ベッドで寝なくては。そう思っても、濡《ぬ》れたジーンズとシャツがずっしり重く肌に張りついて起きあがれない。

寒くて体が震えている。ソファから垂れさがった手の先が、床に敷いた小さなラグに触れた。ナッシュはなんとかそれを引きあげ、胸と腕を覆った。

これでいい。少しは楽になった。

熱があるのか頭がぼうっとする。頭痛のせいで、こめかみから首、さらに負傷した肩まで痛む。

目を閉じると、ハーロウの姿が浮かんだ。

彼女はきれいだ。泥だらけでずぶ濡れだが、でもきれいだ。ロマンティックな意味ではなく、元気そうに、健康そうに見えるという意味で。

かつてハーロウは僕の親友だった。一緒に馬を乗りまわしたり、互いに励まし合ったりする仲だった。僕がナショナル《N》・フットボール《F》・リーグ《L》のドラフトで二位指名されたときには、大喜びしてくれた。

二人とも有頂天で、あの夜の二人だけの祝賀会では人生で一番愚かなことをしてしまった。だから僕は、あれ以来絶対禁酒主義者になった。

後日、ハーロウの体に問題がなかったかは確かめた。今日も彼女はとても元気そうに見えた。

だが何か変だった。ナッシュはぼんやりした頭で、何が変だったのか懸命に考えた。マシスン一家、特にハーロウはどこかよそよそしく、ぎこちなかった。

たぶん僕の病気が心配だったのだろう。家族や友人を心配しているとき、彼女は無愛想で怒りっぽくなる。ハーロウは自分の人生を楽しむことは二の次で、まわりの人の面倒を見るタイプなのだ。

今、彼女は人生を楽しんでいるのだろうか？

僕のエージェントによれば、楽しんでいるらしい。ハーロウは立派な男とつき合っていて、一家の牧場も羽振りがいいという報告を受けた。

それを聞いたときには、善良な隣人一家とかつての親友の幸せをうれしく思った。

ただし報告を受けたのは数年前だ。僕自身はずっと連絡を絶ってきた。

理由があって、そうしてきたのだ。

四年前、二度と牛を追いかけたり家畜小屋に干し草を積んだりするものかという覚悟を胸に、きっぱり縁を切るつもりでこの牧場から飛び出した。自分は牧場経営に向いていない。両親の人生はその仕事のせいで破綻し、父は早死にした。だから教育を受けてさっさとここから抜け出そうと決めていた。


幸運にも体が大きくフットボールが得意だったので、その才能を利用して得られるすべてを、特に金を得ようと決心した。いつも金が欲しかった。

入団後はチームをまとめ、新たな技術を学び、エージェントやメディアを相手にうまく立ちまわり、金銭的な成功を収めるという難しい課題に直面し、何よりもチームの期待に応えたいと必死だった。そして自分の私生活は後まわしにした。

マシスン一家のことをすっかり忘れたわけではなかったが、その存在は徐々に薄れていった。成功の秘訣《ひけつ》は、試合に専念してそれ以外のすべては知識と経験豊富なエージェントに任せること。過去のお荷物は捨て去ることだ。エージェントのスターリング・ドーシーはそう断言した。

友人をお荷物とは思わないが、スターリングはその道のプロだから彼に従うべきだ。成功を焦りすぎた世慣れない田舎町の若造は、そう考えた。そして自分のすべてを、特に財政面を一人の人間にゆだねることがいかに危険か気づかなかった。

エージェントがなんと言おうと、故郷の隣人と連絡を取り続けるべきだった。

奔放な祝賀の夜のあと、一、二度はハーロウの様子を確かめる電話をかけた。彼女は明るい声で大丈夫だと答えた。それでもスターリングに頼んで、何度か様子を見に行ってもらったりもした。

そして間もなくフットボールの試合や練習、メディア対応などNFLの目まぐるしい日々にのまれて、ハーロウも牧場も、カイアミシ山脈の懐に抱かれたオクラホマのちっぽけな町も頭から消えた。大口契約を勝ち取りたければ、トップアスリートは競技に専念しなければならないのだ。

そして僕の仕事への献身は利益を生んできた。これまでは。

頭痛がひどくなり、もう何も考えられない。自分が陥った財政的な窮地も、肩の負傷も、現在の体調不良も考えたくない。

それにフットボールで成功するために置き去りにした人々のことも、今は考えたくない。

体調が回復ししだい、マシスン牧場を訪れよう。今後の生き方を模索する間、よき友である善良な一家と旧交を温めるのもいいだろう。

「あの男を二度とこの牧場に近づけてはだめよ。彼が姉さんやデイヴィスやポピーを困らせたら、私が許さない」モンローは歯ぎしりしながら言った。

ハーロウは妹の肩に手をかけ、祖父に引き取られて以来ずっと使っているベッドに妹と並んで座った。

白い壁に堅木の床の質素な部屋には、ほかに小さなたんすと中古のナイトテーブルがあるだけだ。亡くなった両親の写真を壁に飾った以外、この部屋は引っ越してきた当初から何一つ変えていない。デイヴィスが生まれたときにはベビーベッドを置いたが、息子が成長してそこに収まらなくなると別の部屋で一人で寝かせるようになった。ハーロウはずいぶん心配したのに、息子はあっさりと一人寝に慣れた。

「モンロー。気持ちはわかるけど、ナッシュは病気でしばらくは動けない。私たちは彼が近くにいる状況と折り合いをつけるしかないのよ」

「姉さんは何が起きるか心配じゃないの？」

心配どころか、怖くて震えあがっている。でも彼に再会した今、妙に心乱れてもいる。「もちろん心配よ。二、三日で病気が回復して、また立ち去ってくれたらいいと思ってるわ」

「チームの誰かか、あの恐ろしいエージェントが来て、フロリダへ連れて帰ってくれるかも」モンローは唇をゆがめた。「あるいは恋人が」

ハーロウはナッシュの最新のお相手に出くわしたくなかった。かつて自分も一夜限りの相手だったことを思えば、なおさらだ。「誰が来ようと、彼の牧場内にとどまってくれれば私たちは安全よ」

「だけど彼が回復してうちの玄関先に現れ、デイヴィスの親権を要求したらどうするの？」

「ナッシュがそんなことをするはずないわ。彼には選手としてのキャリアが、長年夢見た新しい人生があるのよ。それにデイヴィスは全然彼に似ていないから、自分の息子だと気づくとは思えない」

「姉さんが正しいことを祈るわ。でももし間違っていたら？」

「もう一度、逃げた雌牛を捜しに行ってくる」ハーロウはベッドから立ちあがりドアへ向かった。ナッシュは解決不能な問題だ。これ以上彼の話を続けたくない。できれば二度としたくない。とはいえ、妹はまたすぐにこの話題を持ち出してくるだろう。

ごまかされないわよとばかりに目を鋭く細めて、モンローは急に話題を変えた姉を見つめた。「でも、もうすぐ暗くなるわ」

「大丈夫。ランタンがあるし、バーは暗闇でも悪天候でも頼りになる馬だから」ハーロウはドアを開け、廊下に一歩踏み出して足を止めた。「夕食は先に始めててくれる？　デイヴィスがちゃんと野菜を食べてお風呂に入るよう、目を光らせてね」

「それは任せておいて。ただ、雨がやむまでは行っても無駄足になると思うけど」

ハーロウは一瞬肩を落としたが、またしゃんと姿勢を正した。「とにかく行ってみる。家畜を失うわけにはいかないもの」

「でも私たちの手には負えないこともあるのよ」

妹がしているのは牛の話？　それともナッシュの話かしら、とハーロウはいぶかった。

モンローも松葉杖《まつばづえ》をつかんで立ちあがった。「また雨が強くなってきたし、外は寒い。そのうえ久しぶりにナッシュが現れたせいで姉さんはぴりぴりして、まともに考えられない。こんなふうに上の空のときに一人で出かけないほうがいいわ」

もうおしゃべりはうんざりだ。雨だろうと晴れだろうと外に出て一人でじっくり考えたい。「そうそう、夕食はシチューにしてね。寒い外から帰ってきたとき体が温まるように」

モンローはあきれて天井を仰いだ。「頑固なんだから」

「お互い様でしょう」

マシスン姉妹は三人とも実に頑固なのだ。

階下のドアがばたんと閉まった。

モンローは松葉杖にもたれて姉の横まで来ると、階段のほうをのぞいた。「ポピーが帰ってきたわ」

「もう？　病院へ行ったのにずいぶん早いわね」

「たぶん途中で誰かさんを道端に投げ捨てたのよ」

隣の子供部屋からおもちゃの消防車を抱えたデイヴィスが出てきた。濃い茶色の髪は後ろの癖毛が尻尾のように逆立っている。今週の息子の夢は消防士になることだ。先週は白頭鷲《わし》になる気満々だったが。

「マミー、ポピーは誰を投げ捨てたの？」

「誰も投げ捨ててないわ。叔母さんの冗談よ」

「いいえ、冗談じゃないわ」ハーロウだけに聞こえる小声でモンローがつぶやいた。

ハーロウはかぶりを振って階段を下り、キッチンへ向かった。「ポピー、もう帰ってきたの？」

「ナッシュめ、自分の家へ連れていけと言って聞かんのだ」祖父は裏口のラックに帽子をかけた。

「具合がよくなったってこと？」

「いや、ラバに鼻面を蹴られた子犬よりつらそうだった。それでも、あいつには根性がある。弱みを見せたくないのだろう」

プロのアスリートらしく、ナッシュは花崗岩《かこうがん》並みに頑強だ。激しい痛みに耐えてプレーを続けられる。

その彼が私たちの前でうめいたのだから、よほどの痛みだったのだろう。同情したくなる気持ちを抑えて、ハーロウは祖父に乾いたタオルを差し出した。

「また、あの坊主の様子を見に行ってやらんとな」

濡れた床を拭こうとしてモップを握ったまま、ハーロウは動きを止めた。〝あの坊主〟は巨大で頑丈な体を持つ立派な大人だ。自分の面倒は自分で見られる。著名な友人たちに助けを求めることもできる。

「なぜ私たちがそこまでする必要があるの？」

祖父はやんわりとたしなめるように眉をひそめた。イエスの教えを学び始めてから、ハーロウは祖父に倣ってキリスト教徒らしく振る舞おうと努めている。しかしナッシュは彼女の怒りをかき立てるのだ。

「あの家で独りぼっちの坊主にもしも何かあったら、おまえはどんな気持ちになる？」

「彼なら自分で自分の面倒を見られるわ」ハーロウは必要以上に力をこめてモップで床をこすった。

「と、今日の午後気を失った坊主をここまで運んできたお嬢ちゃんは言いました」

一瞬、床をこする手が止まった。ポピーはなぜいつも正しいの？　正しかろうと正しくなかろうと、私はナッシュ・コービンが元気になるまで看病したりしないわ。ハーロウはモップがけを再開し、横目で祖父を見た。「私が彼をどう思っているか知ってるでしょう？　私たち全員が彼を嫌って当然なのよ」それもポピーが知っている以上の理由で。

まるで鳩《はと》が羽を広げるように祖父は白い眉を上げた。「お嬢ちゃん、隣同士は助け合うものだ」

「そうなの？　彼が私たちを助けてくれたみたいに？」ハーロウは苛立《いらだ》って思わず言い返した。

祖父は青ざめて目をそらし、しんと黙りこんだ。

後悔がハーロウの胸を刺した。失言だった。あのときのことは口にしない決まりなのに。祖父は家族の誰にもナッシュの悪口を言わせなかった。

ところがたった今、私は余計なことを口にしてポピーの気持ちを傷つけてしまった。

急に年相応に老けこんだ祖父は、彼女が謝る前に静かにキッチンから出ていった。

ハーロウは指でこめかみをもんだ。今日の私はどうかしている。雌牛が逃げ出し、急を要する借金の返済が二件もあり、さらにはナッシュが不意に現れたせいで神経が極度に張りつめていた。

しかしそんなことは祖父を傷つけた言い訳にはならない。祖父はナッシュを信じていた。そして家族に幸せをもたらすすばらしいことをしているつもりでナッシュの勧める投資話に金をつぎこみ、一家を破産させかけた。自分の判断ミスのせいでマシスン牧場と家族全員の未来を台なしにしたと、祖父はひどく苦しんだのだ。

それでも祖父は相変わらず性善説を信じている。自分自身が強い倫理観の持ち主なので、他人も同じ倫理観に基づいて行動するのを期待している。

その期待が裏目に出ることがあっても、祖父はいまだに一家をだました男のために聖書の教えどおり正しいことをする。〝あなたがたに悪事を働く者に親切にしなさい〟と祖父なら言うだろう。

私がナッシュを恨んでいるからといって、祖父を傷つける言葉を口にしていいわけがない。私が今日あるのはすべてポピーのおかげなのだ。何よりも、祖父には敬意を払わなくてはいけない。

罪悪感が肩にのしかかり、ハーロウはモップを壁に立てかけると階上へ向かって叫んだ。「モンロー、デイヴィス、ちょっと出てくるわ！」

「まだ雌牛を捜しに行く気？」モンローがきいた。

「いいえ、ポピーに謝りたいの」妙な答えに次の質問が飛んでくる前に、ハーロウは家を出て敵陣へ向かった。

# 4

夢を見ているのだろうか。それとも本当に誰かがドアを叩《たた》いているのか？

ナッシュは無理やり目を開け、ソファから起きあがろうとしたができなかった。

またノックの音が聞こえた。

すばらしい。早くも誰かに居場所をかぎつけられたわけか。メディアでなければいいが。エージェントも困る。だがほかに誰がいる？

彼はまたまぶたが閉じるに任せた。無視すれば、訪問者は留守だと思って帰るだろう。

「ナッシュ」ドアの向こうから懐かしい声がした。

「大丈夫？」

目がぱっちり開いた。ハーロウか？

彼女は僕がここにいることを知っている。中へ入れて、誰にも何も話さないよう頼まなくては。

すでに頼んだかどうか、記憶があいまいだ。

わずかに残ったエネルギーをかき集めて、ナッシュは呼びかけた。「鍵はかかっていないよ」

それからまた目を閉じた。ハーロウが入ってきてドアを閉める音がしたが、頭痛がひどすぎてもう目を開けて彼女を見る気力もない。

ハーロウだけは信頼できる。汚いラグにくるまり埃《ほこり》だらけのソファに横たわって震えている濡《ぬ》れねずみの僕の写真を、彼女がＳＮＳにアップするはずがない。わかっているが、念のために頼まなくては。

ひんやりした手が額に触れた。

「すごい熱よ。なぜ病院へ行かなかったの？」ハーロウは不機嫌な声できいた。小学校六年生のとき、男子トイレの床を水浸しにしたのに黙っていて叱られた。あのときの先生と同じ叱責口調だ。

いったいなぜこれほど怒っているんだ？　僕が長年連絡を絶っていたからか？

「病院には行けない」ナッシュはぼそりと答えた。

「ベッドまでは行けそう？」

「いや、行けない」

あなたの病気にはうんざりだとばかりに、ハーロウが苛立たしげなため息をついた。

もちろん僕だって自分の病気にうんざりしている。なんとか片目をこじ開けると、居間から出ていく彼女の姿が見えた。やがてスウェットの上下と毛布を何枚か持って戻ってくると、それらをコーヒーテーブルに放り投げた。たぶんかび臭いだろうが、この状況で贅沢《ぜいたく》は言えない。

「服を着替えないと。何か食べられそう？」

「いいや」

「誰かに電話してあげましょうか？」

「いいや」だが君はしばらくここにいて、もう少し友達らしく振る舞ってほしい。

「それじゃ、私は仕事があるので」

ナッシュはぱっと目を見開いた。それだけで頭頂部に激痛が走ったが、まだ彼女を帰らせるわけにいかない。「待ってくれ。頼みがある」

ハーロウは再び苛立たしげにため息をついて、ジーンズをはいた腰に手を当てた。「何かしら?」

「僕がここにいることは誰にも言わないでくれ」

彼女は愛らしい小作りな鼻に不快そうにしわを寄せた。「そのことなら、もう何度も頼まれました」

頼んだっけ?「僕は町へ行けない」

「あら、よかったじゃない。ここに閉じこもっていれば誰にも見つからずにすむわね」

彼女は察してはくれないらしい。声を出すのもひと苦労だったが、ナッシュは必死で訴えた。「だけどこの家には何もないんだ。食料も、薬も」

ハーロウは眉を上げた。「つまり、あなたのために買い物に行けって言いたいの?」

「行ってくれるかい?」

「もちろんよ。あなたのためにお買い物できるなんて身に余る光栄だわ」彼女は皮肉たっぷりに答えた。

僕は何をして君をそこまで怒らせたんだ? なけなしの体力を振り絞ってナッシュがそう尋ねる前に、ハーロウはドアを力任せに閉めて去っていった。


朝までに雨はいったんやんだが、それは一時的な猶予だとハーロウはわかっていた。天気予報によれば、また降りだすらしい。ゆうべは病気のナッシュを訪ね、彼の言いなりになる取り巻き並みにこき使われ、腹が立ちすぎてろくに眠れなかった。

今朝は夜明け前に起きて、返済期限が迫る二件の借金の支払いをどう工面するか考えていた。モンローとポピーは一家の苦境を知ってはいるが、どれくらい危機的な状況か正確には知らない。それに、二人の今の体では、知っても何もできない。

だから牧場の財政管理は私の責任だ。

ハーロウは帳簿と一時間にらめっこしたが、数字は変わらないので、最後にはもう祈るしかないと神に祈った。でも、あまり期待はしていない。〝神は自ら助くるものを助く〟ですものね？

続いて、流動資産について考えた。自分の私物で価値があるのは、馬と母の形見の指輪だけだ。

そこで化粧台の引き出しを開けて、白い小さな宝石箱を取り出した。中にはアンティークの婚約指輪と結婚指輪が入っている。もともとは、石油で財を成した一族に嫁いだ、母の祖母のものだった。先祖の資産はとっくに消え、残ったのはアンティークジュエリーだけだ。両親の死後、母のジュエリーは三人姉妹に形見分けされ、ハーロウはダイヤモンドとプラチナの指輪のセットをもらった。そして過去三世代の女性たちがしたように、その指輪を身につけて花嫁になる日を夢見て、大切に保管してきた。

指輪を売ることを考えると胸が痛むが、これが私の祈りへの答えだろうか。

下唇を噛《か》みしめてくよくよと悩んだあげく、ハーロウは指輪を箱に戻し、引き出しを閉めた。

まだ売らないわ。何か別の解決策があるはずよ。

でも牛をこれ以上売るのは問題外だ。すでにめぼしい売って、残りは祖父が〝未来の種〟と呼ぶ若い雌牛と子牛たちだ。もしその〝種〟を売れば、マシスン牧場の未来はなくなる。ポピーのために、それはできない。牛飼い以外に生きるすべを知らないポピーにとって、この牧場は命そのものなのだ。

牛といえば、行方不明の雌牛と子牛を捜さなくては。ハーロウは帳簿をしまい、また雨が降りだした寒い戸外へ向かった。夜明けの光が差し染める中、バーに鞍《くら》をつけ、コリーのオリーを連れて出発だ。

よく訓練された牛追い犬は、雌牛と子牛を見つけて連れ帰る手伝いをしてくれるだろう。もし二頭がまだ生きているならば。

牧草地を走り、丘を越え、森の中の小川《クリーク》に沿って進みながら、彼女は何度もコービン牧場のほうを見た。あそこにも解決できない問題がある。

一時間ほど小雨の中で捜索を続けていると、低木の茂みに消えたオリーが甲高く吠《ほ》えた。何か見つけた合図だ。そして悪戦苦闘の末、ハーロウは生まれて間もない子牛を鞍に乗せた。濡れそぼって震えてはいるものの、まだ生きている。母牛は放っておいても子牛を追ってついてくるはずだ。もし途中で止まっても、オリーが面倒を見てくれる。

「神よ、ありがとうございます」彼女はささやいた。それでなくても山ほど厄介事を抱えた私を神は哀れみ、牛を救ってくださったのだろう。

裏口から家に入ると、部屋のぬくもりとベーコンの焼けるにおいが迎えてくれた。古い家は決して立派ではないが、居心地がよく愛に満ちている。

「ぎりぎり間に合ったな」レンジの前で料理を大皿に盛っていた祖父が、振り返ってハーロウを見た。

「さあ、食べよう。座りなさい」

ハーロウはシンクで手を洗い、マグカップにコーヒーをつぎ、キッチンテーブルについた。モンローとデイヴィスはもう座っている。特別な日にはテーブルクロスをかけるが、ハーロウは古いテーブルの傷だらけの木肌が好きだった。マシスン家の家族が何世代にもわたってここで食事をとってきた歴史が、傷として刻まれている。

「雌牛と健康な雄の子牛が納屋にいるわよ」

「神を褒めたたえよ」目玉焼きとベーコンを大皿にのせ終えた祖父が言った。

「それはもうしたわ」

「何度感謝してもしすぎることはない」祖父は大皿をテーブルのビスケットの横に置いた。モンローはあまり料理上手ではないが、彼女の焼くビスケットは絶品だ。

一同は食前の祈りをささげ、数分は無言で食べた。

祖父は目玉焼き二つとベーコンを何枚か平らげ、ビスケットに苺《いちご》ジャムを塗り始めたところで口を開いた。「今朝も、コービン牧場の坊主を見舞いに行かんとまずいだろうな」

ハーロウはモンローと目を見交わした。言いたいことはたくさんあったが、黙っていた。言わなくても、ポピーは私の気持ちを知っている。口に出して、またポピーの心を傷つけても意味がない。

不本意な買い物に行くべきか、ハーロウはまだ迷っていた。もし体調が回復したなら、ナッシュは空腹だろう。もしまだ食欲がなくても、栄養と薬は必要だ。彼が回復したかどうかなんて気にかけたくないけれど、やはり気になる。

祖父は部屋の空気が急に張りつめたことに気づいたに違いない。二人の孫娘を順に長々と見てから静かに食事を終え、聖書を取りに行った。食後に聖書を読むのは朝の日課だ。

「今朝は興味深い聖句を読もう。マタイによる福音書、第五章、山上の説教。わしが思うに、イエスの最もすばらしい説教だ」

祖父はデイヴィスの手の甲を軽く叩き、高い山の頂に座って説教するイエスや、彼を取り囲んで一日中何も食べずにその教えに耳を傾ける弟子たちを、三歳児にもわかる言葉で描いてみせた。

「デイヴィス、これが信仰心というものだ。弟子たちは知っていた。イエスは普通の食べ物以上のものを、魂のための食べ物を与えてくださるとな」

「イエス様は好きだよ」デイヴィスの無邪気な言葉に、大人たち全員がほほ笑んだ。

「イエス様もあなたが好きよ」モンローは甥《おい》っ子の口元についたジャムを拭いてやった。

「さて、この特別な日にイエスはとても大事なことを、弟子たちがびっくりすることをおっしゃった」

しわだらけの手で聖書のページを愛《いと》おしげに撫《な》でて、祖父は読み始めた。

「〝あなたがたに言っておく。敵を愛しなさい。あなたがたを悪意を持って利用し、迫害する者のために祈りなさい。天にましますあなたがたの父の子となるためである。天の父は、悪い者の上にも良い者の上にも太陽を昇らせ、正しい者にも正しくない者にも雨を降らしてくださるからである〟」

ここで、祖父はいったん聖書から目を上げた。

「さあ、次がより肝心な部分だ。〝それだから、あなたがたの天の父が完全であられるように、あなたがたも完全な者となりなさい〟坊主、わかったか？たとえ誰かに悪いことをされても、その悪人を正しく扱え。そうすれば、神はおまえを完全だと思ってくださる。いつも正しいことをするんだ。たとえそれがおまえの気に食わないことでも、神のなさることはいつも正しいのだから」

祖父は聖書を閉じて立ちあがり、足を引きずってキッチンから出ていった。

デイヴィスには理解できなかったかもしれないが、ハーロウは祖父の言いたいことがわかった。同じ悔恨の表情からして、モンローもわかったようだ。

ナッシュは悪事を働き、私たちを傷つけ窮地に陥れた。それでもマシスン一家は個人的な感情を捨て、悪人に慈悲と許しを与えなければならない。ポピーはそう言っている。

ということは、隣に住む敵のために買い物に行かなければならない。おいしいビスケットはたちまち味を失った。祖父はいつも手を上げることなく孫娘たちの間違いを正すすべを思いつくのだ。

一時間後、ハーロウはナッシュに必要な品を求めて嫌々ながらもスーパーマーケットの通路を歩いていた。下痢のせいで脱水状態かもしれないので、スポーツドリンクのゲータレードを一ケースかごに入れた。スープとクラッカー、胃薬も必要だろう。回復したらマカロニ&チーズも食べたがるかも。以前はナッシュの大好物で、ポピーの作るマカロニ&チーズは世界一だと言っていた。市販のインスタントだったのに。今では笑える思い出だ。

かつて隣に住んでいた少年は、ここが自宅かというくらい、しょっちゅうマシスン家の食卓につき、なんでも大量に食べたものだった。

ハーロウはパスタの缶詰を何個かかごに入れたが、また棚に戻した。プロのアスリートなら特別な食事管理をしているのではないかしら。それから肩をすくめて、またかごに入れた。ナッシュは体調が悪すぎて自分で買い物に来られないし、熱狂的ファンにプライバシーを侵されたくないのだ。だったら文句を言わずに私の選んだものを食べるしかないわ。

でも私たち家族を破滅させかけた男のために私が最善を尽くさないと、ポピーが腹を立てる。

やれやれ。自分は有名な大物で姿を隠す必要があると思いこんでいる誰かさんのせいで、胃潰瘍になりそうだ。ナッシュはなぜここに来たの？　自分の名声から逃げたいなら、南極かアマゾンの熱帯雨林にでも行けばよかったんじゃない？

ほかにも不可欠と思われる食品をいくつかかごに入れ、ハーロウはカートを押してレジへ向かった。

レジ係は、ハーロウが物心ついたときから知っているアシュリー・レナーだった。アシュリーはにっこり笑って、最初の品をスキャンしようとつかんだ。

「ハーイ、ハーロウ、調子はどう？」

「相変わらずよ」まあ、私ったら大嘘《うそ》つきだ。

「この雨にはうんざりするわ。そう思わない？」アシュリーは牛乳パックをスキャンしながら言った。

「本当にね。それに寒いし」

「さっきジェナ・ベイツが来たんだけど、またサンダウン・クリークがあふれかけてるみたい。橋が浸水しそうだって。ほら、ジェナは橋の向こうに住んでるから。ストロベリー・フェスティバルまでには、天気がよくなってほしいわ。お祭りが中止になったら町中ががっかりだもの」口同様に手もすばやく動かし、アシュリーは商品をスキャンしていく。

「特に子供たちはがっかりでしょうね。うちの教会では子供のグループと若者のグループがパレード用の山車《フロート》を作っているのよ」ハーロウは応じた。「うちのちびたちは花や木《ガーデン》で飾った山車《フロート》に乗るの。グレイシーはてんとう虫、マシューはヒマワリに扮《ふん》する予定よ」アシュリーはスープ缶五個をスキャンした。「今年はデイヴィスもフロートに乗るの？」

コービン牧場で自分を待ち受ける難問を思い出して、ハーロウは顔をしかめた。「さあ、どうかしら。あの子はまだ小さいから」

「だったら、あなたがデイヴィスと一緒にあのすてきな馬に乗ってパレードするというのは？」

「いいかもね」もし祭りまでに、ナッシュが熱狂的ファンに囲まれた贅沢な暮らしに帰ってくれれば。そして帰るまでは、彼をデイヴィスに近づけないようにできれば。それができるといいけど。

「プリーチ・ベッカムは相変わらず手に入れたがってるの？」アシュリーは笑って言い足した。「いえ、デイヴィスじゃなくて、あの馬をよ」

ハーロウも笑ったが、ナッシュが真実を知ったらデイヴィスを手に入れたがるだろうかと心配せずにいられなかった。金は力なり、だ。「ええ、月に一度は売ってくれとせがまれるわ。でも断ってる。バーは最高の馬ですもの」それに私のすすり泣きに耳を傾けてくれた馬だ。四年前ナッシュが出ていったときも、その後妊娠に気づいたときも。淡い金色に輝く美しい月毛の馬は、優秀な牛追い馬でもある。バーなしでは牛たちを管理できない。ナッシュの怪しげな儲《もう》け話のせいで、私たち一家は多くを失った。でもまだ牧場と母の形見がある。家畜もいる。そのどれも売るつもりはない。

翌朝目覚めたとき、僕は死を免れたらしい、とナッシュは思った。だが生きたいのかどうか、よくわからない。まだ熱っぽく力が出ないが、ハーロウがコーヒーテーブルに置いてくれたスウェットに着替えることはできた。ゆうべはソファの上で震えながら毛布にくるまるのが精いっぱいだった。その後のことは、今朝カーテンの隙間から差しこむ一条の光に驚いて目覚めるまで、何も覚えていない。

相変わらず頭がずきずき痛んだ。僕を殺しかけたこの正体不明の病気は非常にしつこい。

ひどく喉が渇いて、遠路はるばるキッチンまで行けるだろうかと考えていたとき、玄関ドアをノックする音が聞こえた。そして応える前に、両腕にレジ袋を抱えたハーロウがドアを押し開けて入ってきた。

だが彼を一瞥しただけで、無言でキッチンへ向かった。友人らしい挨拶は期待できないようだ。

いったいなぜあんなに不機嫌なんだ？

「スープとゲータレードを買ってきたわ。六十二ドルの貸しよ」彼女がキッチンのドア口で言った。

スープとゲータレードで六十二ドル？　すごい値上がりだ。手持ちの金がそんなにあったかな。「もう来てくれないかと思っていたよ」

「今ここにいるでしょ」ハーロウはキッチンの奥へ消え、レジ袋をカウンターにがしゃんと置いた。

その音で、ナッシュはますます頭が痛くなった。

かび臭い毛布をめくって少しずつ上体を起こし、

足を床に下ろす。目がまわり、ふらついて、彼は両手で頭を抱えこんだ。くそっ、なんてざまだ。

指の間からのぞくと、コーヒーテーブルの上にゲータレードが現れた。「ありがとう」ナッシュはハーロウを見あげたが、目の奥が脈打ち、彼女が揺れて見えた。ゲータレードも揺れている。

「スープを温めるけど、チキンヌードルでいい？」

「いいとも」聞いただけで胃がむかついたが、ナッシュはそう答えてゲータレードをすすった。

ハーロウはスープをコーヒーテーブルに置くとソファの向かいの椅子に座った。震える手でスプーンをつかみスープを口に運ぶ彼を、じっと見ている。

彼女の表情はどこか不可解だ。憎悪か、それとも不安か。とにかく緊張しているのは確かだ。

だが理由がわからない。僕はハーロウと、マシスン一家全員ととても親しくしていた。僕が連絡を絶ったことに腹を立てているのだろうか。

「ハーロウ、また会えてうれしいよ」

「長い間音信不通で、なぜ今さら戻ってきたの？」

やはりそうか。長い間連絡しなかったことは怒られて当然だ。電話かメールでもすべきだった。「個人的な問題があってね」彼はあいまいに答えた。

「あなたの人生がどれほど大変かなんて想像もつかないけど」彼女は唇をゆがめた。

「誰だって問題を抱えている」人生の大問題のほうを打ち明ける気は毛頭ないが、肩の裂傷は周知の事実だ。「肩を壊して数日前に手術を受けた」

「数日前？　それなのにあの雨の中、馬に乗ったの？　肩の傷から感染症になったかもしれないわ」

冷たい戦慄が背筋を駆け抜けた。彼女の言うとおりだ。感染症だったら当分試合に出られない。そうなれば選手生命を絶たれて、エージェントに盗まれた財産を築き直す機会を失うかもしれない。

「ナッシュ、病院へ行くべきよ」

「いや、行けない」

「どうして？」

真相は話せない。「しばらくすべてから離れ、一人になって静かに休みたいんだ。この状態ではメディアやファンに対応できない」

ナッシュはスープを飲むのをあきらめ、器をコーヒーテーブルに置いてソファの背にもたれた。

家の中に静寂が流れ、彼はただハーロウを見つめた。ブーツにすり切れたジーンズという牧場の作業着姿でも、長い赤毛をふんわりと両肩に流した彼女はとてもきれいだ。見つめられていると気づくと、ハーロウは椅子から立ちあがった。

「スープはそこに置いておく？　それとも捨てましょうか？」片づけようと、彼女は器に手を伸ばした。

「置いておいてくれ」ナッシュはその手首をつかんだ。妙なことに、放すべきだとわかっていても彼女を放せない。ハーロウはつかまれた手首を見おろしてから、彼をにらんで一歩下がった。「僕に腹を立てているのか？」

「まさか。あなたのことなんて何も知らないのに」

ほら、まただ。「ああ、いろいろ知らせるべきだった。連絡を取り続けるべきだったよ」

「あなたはいつだってこの町を出て成功することを夢見ていた。その夢が叶《かな》ったじゃない」

叶った夢も今や悪夢に変わってしまった。

「君の夢は叶ったかい？」彼はそっときいた。

「大切なものはすべて持っているわ」ハーロウは手を引き抜き、脱獄を企てる囚人のような目で玄関ドアを見た。「ほかに用事がなければ、家で仕事が待っているんだけど」

「また来てくれるかい？」

「自分の面倒を見られそうにないときは電話して」

「無理だ。電話を持っていない」

「携帯がないの？」あきれ返った口調だ。

「置いてきてしまった。しばらくすべてから離れて静かに休みたかったから。そう言っただろう？」

「はいはい、そうでした」

「ハーロウ、僕は……」言いかけたものの、謝るしかない。「すまない。かつて君は親友だったのに」

「その親友と、あなたは急に連絡を絶った」

「君のほうから連絡することもできたはずだ」

「出ていったのはあなたのほうよ」彼女はドアへ向かいかけて振り返った。「私たち一家は秘密を守るけど、ここにいるのを誰にも知られたくないなら、あのしゃれた車を隠すことね」

そうだ、体調が悪すぎてあの車の存在をすっかり忘れていた。「ありがとう。納屋へ移すよ」

「キーを貸して。私が移してあげるわ」

「マニュアル車を運転できるのか？　いや、失言だった」かぶりを振ると頭痛がぶり返した。着替えて床に投げ捨てたままのジーンズのポケットからキーを取り出しハーロウに渡す間も、立ちあがる元気すらなかった。それでもナッシュは思わず笑みをこぼした。「運転は君のほうがうまかったな」

こわばっていたハーロウの表情がふっと和らいだ。

「あなたの運転には、いらいらさせられたわ」

「君はスピード狂だった」

ハーロウはにっこり笑った。「今もそうよ」

ようやく彼女の築いた壁を壊し、昔のハーロウを垣間見ることができた。四年後の今は昔よりさらに美しい。今も優しく思いやり深いのだろうか？

「僕のコルベットで無茶な運転をするなよ」

彼女の顔から笑みが消えた。「私は守れない約束をしたりしません」ハーロウはキーをひったくって出ていき、残されたナッシュは彼女がなぜ急に機嫌を損ねたのかと考えこむばかりだった。

# 5

翌週、ハーロウは毎日隣人を訪ねた。一度、祖父が〝隣の坊主〟を見舞う役を代わろうと申し出てくれたが、デイヴィスを連れていくと言われて心臓が止まりかけた。ナッシュは感染症かもしれないからポピーとデイヴィスにうつったら大変だと説得し、ひ孫に甘い祖父に見舞いをあきらめさせたものの、おまえは隣人愛を学ぶ必要があると言われて今度は怒りで脳卒中を起こしかけた。

　さらには、ナッシュが回復するにつれて冷たく距離を取り続けることが難しくなってきた。彼は面白くて、ハンサムで、魅力的で、一緒にいると、昔見た夢を思い出さずにいられない。彼はその夢を分かち合ってはくれなかったけれども。

　かつてナッシュは私の秘密をすべて、彼と友達以上の関係になりたいという夢以外はすべて知っていた。その夢はナッシュが故郷を去ったときに消え、彼がマシスン家に財政破綻をもたらしながら知らん顔を決めこんだとき、怒りに変わった。

　何よりも腹が立ったのは、ナッシュのせいで祖父が打ちのめされたことだ。信じてはいけない相手を信じたために多くを失い、ポピーは失意のどん底へ突き落とされた。八十年間の人生、苦労と努力を積み重ねたあげくに、またどん底から這《は》いあがらなければならないなんてあんまりだ。

　たぶんこの鬱積した怒りという罪への償いとして、私は毎日〝隣の坊主〟を見舞っているのだろう。

　そして怒りが消えそうになるたびに、ナッシュのせいで失ったものと、彼が幼い息子を置き去りにしたことを忘れないよう自分に言い聞かせた。

とはいえナッシュはデイヴィスの存在を知らないと思うと少し良心が痛むが、それは無視した。知らないのは、連絡を絶ったナッシュの責任だ。

今朝は冷たい風が葉を落とした木々の枝を揺らしている。だが幸いなことに、雨はやんだ。灰色の雲間から時折太陽が弱々しい光を投げかけてくる。

ハーロウは裏庭を横切り、ピックアップトラックを止めた納屋へ向かった。ぬかるんだ地面をブーツでびしゃびしゃ音をたてつつ進むと、ひんやりした外気がパーカーに入りこみ背中に鳥肌が立った。

トラックのドアを開けたとき、牧草地をジョギングする人影が見えた。十歩ほどゆっくり走ってはウォーキングに切り替え、再びゆっくりと走りだす。それから前かがみになって両手を膝に当てた。

ナッシュだわ。病みあがりなのにこの寒空の下で何をしてるの？　熱で頭がどうかしたのかしら？

一瞬心臓が飛び跳ねたが、すぐにもっと恐ろしい事実に気づいた。彼はまっすぐ我が家の裏口へ向かっている。ハーロウは慌ててナッシュに駆け寄った。

彼は両手を膝に当てたまま荒い息をついていた。

「トラックに乗ってちょうだい。家まで送るわ」

ナッシュはかぶりを振った。「いいや、結構」

なんとかそれだけ言ってあえいでいる。トラックまで引っ張っていくべきかとハーロウが考えていると、ようやく息を整えた彼がにっこり笑った。

「もう元気になったよ」

「そうみたいだけど、ぶり返すかもしれないわ。外は寒いし湿っぽいからトラックで帰りましょう」

ありがたい申し出には応じず、ナッシュはマシスン家の裏口めざしてまた歩きだした。頭ばかりか耳もどうかしたのかしら？

「ナッシュ、やめて」ハーロウはあとを追った。

ナッシュは足を止め、いぶかしげに彼女を見た。

「みんなに挨拶して看病の礼を言いたいだけだ」

「私から言っておくわ」ハーロウは鋼のように硬い腕をつかんだ。寝こんでいても、鍛え抜かれた体はなまっていない。そして長い時間が経《た》っても、彼を友達ではなく魅力的な異性として意識する私の感覚もまったく鈍っていなかった。

つかの間、ナッシュに惹《ひ》かれる気持ちとかつて二人の間にあった友情の記憶がよみがえり、彼を遠ざけなくてはという決意が揺らぎかけた。ハーロウは歯を食いしばってたくましい腕を強く引き、トラックへ向かおうとした。

「本当にもう大丈夫だから」いくら引っ張ってもナッシュはびくともしない。「預かってもらった馬を引き取って、乗って帰れるくらい元気なんだ」

「わかったわ。それならドリフターはこっちよ」ハーロウは彼の腕をひしとつかんだまま、今度は家畜小屋へ向かおうとした。だが百キロを超える筋肉の塊に抵抗されては進めない。

ナッシュは目をすがめて彼女を見た。「僕を追い出そうとしているのか？」

「まさか！」ええ、そうよ。「あなたの体が心配なの。また気絶するんじゃないかと思って」

彼は顔をしかめた。「僕が気絶したなんて誰にも言わないでくれ」

ハーロウはくるりと目をまわした。「どんなにマッチョを気取っても、私には通用しないわよ」

ナッシュの顔に大きな笑みが広がり、ハーロウは笑みを返したくなった。「君は本物だ。率直で嘘《うそ》がない。そこが好きだったし、今でも好きだ」

私があなたの息子デイヴィスの母親だと知っても、そんな私を本物と思ってくれるかしら？「フロリダのお友達は本物じゃなかったの？」

大きな笑みが消えて、彼は肩をすくめた。「偽物もいた。それも予想以上にたくさん。だが君には、下心やたくらみがいっさいなかった」

今の私には、あるわ。

ハーロウはナッシュを説き伏せて彼の馬に鞍《くら》をつけようとした。ところがその前に裏口のドアが開き、祖父が杖《つえ》をつきながら二人のほうへやってきた。

「ナッシュじゃないか。こんな天気に外で何をしとる。肺炎になる前にうちへ入りなさい」

ああ、万事休すだ。足を引きずる祖父に続いてキッチンへ入っていくナッシュを見つめ、ハーロウは不安に震えた。「神よ、どうかデイヴィスを二階に留め置いてください」彼女は小声で祈った。

しかし聞き届けられない祈りもあるのだ。

三歳の息子はキッチンテーブルでパンケーキを食べていた。そして後ろの癖毛がぴんと逆立った頭を上げ、不意の来客を物珍しそうに眺めた。

「ナッシュ、そこに座れ。熱いコーヒーがある」

ナッシュはほっとため息をつき、疲れた様子でデイヴィスの向かいの椅子にのろのろと座った。おのずと、その視線は幼い子供に注がれた。

ハーロウの全身に緊張が走った。私の息子――彼自身の息子を見て、ナッシュはどう感じるだろう？

「やあ、僕はナッシュだ。君の名前は？」

「デイヴィス」息子はシロップに浸したパンケーキをもうひと切れ口に押しこんだ。

「パンケーキが好きなのか？」

口がふさがっているので、息子はただうなずいた。

次に何が起きるかと、ハーロウは固唾をのんで裏口のドアの前で立ち尽くした。ここまでは順調だ。ナッシュは身をこわばらせたり振り返って私をにらんだりしていない。四年前にはいなかった子供がいることを不思議に思わないのかしら？

なぜそんなところに突っ立っているんだと祖父に目顔で問われ、ハーロウは無理やり歩きだした。

モンローの姿は見えないから妹の助けは期待できない。自分一人で問題を回避しなければ。今、その問題の存在を知っているのは私だけなのだ。

「隣の坊主はもう朝食を食ったのか？　パンケーキの生地なら、たくさん残っとるぞ」祖父はナッシュの前にマグカップを置いた。

ナッシュの罪を許し忘れるという決意が固いからこそ、ポピーはいまだに彼を〝坊主〟と呼べるのだ。許すことは私にもできるかもしれない。でも忘れることは絶対に無理だ。

「パンケーキはまだ食えそうにありません」

「まだ腹がちょっと不機嫌なのか？」

「まあ、ちょっと」ナッシュは照れたような笑みを浮かべた。かつてハーロウの胸を震わせた魅惑の笑みだ。ただし今も胸が震えたとしたら、それは恐怖のせいだ。「でも、うまそうなにおいだな」

「いい兆候だ。焼いてやるから試してみろ」

「ありがとう、ガス。この一週間、あなたとハーロウがしてくれたすべてに感謝しています」

「隣人は助け合うものだ」

そのとおり。ナッシュが私たちを助けてくれたようにね。祖父の言葉を聞いて怒りが燃えあがり、ハーロウはコーヒーやパンケーキを勧める代わりにナッシュの表裏ある言動を大声で糾弾したくなった。

ところが祖父は口先だけの謝辞に気づかないかのようにパンケーキを三枚焼き、一枚をナッシュの前に、あとの二枚をデイヴィスの隣の空席に置くとハーロウに言った。「お嬢ちゃん、おまえも座って食べなさい」祖父にとっては、五十歳以下は全員〝お嬢ちゃん〟か〝坊主〟なのだ。

「ポピーは食べないの？」ハーロウはきいた。

「もうすんだ。また雨が降りだす前に干し草を移動させんと」祖父は裏口のラックからコートと帽子を取った。

冗談でしょう。膝の悪い祖父は牧場仕事では役に立たず、むしろ邪魔になる。ハーロウは一度座った椅子から立ちあがった。「それは私がするわ」

「おまえはほかにもすることが山ほどあるだろう。わしだって、まだトラクターくらい動かせる」

「それはわかってるけど、でも――」最後まで言う前に、祖父は裏口のドアをぴしゃりと閉めてハーロウの反論を封じた。「まったく、頑固なんだから」

「孫娘も負けてないが」ナッシュが茶化した。

今やキッチンにいるのは、ナッシュと私と私たちの息子だけだ。ハーロウは食欲を失い、パンケーキを見おろした。無理に食べようとすれば、喉につかえて窒息しかねない。不安や怒り、さまざまな感情で胸がいっぱいな上に、愛着と後悔までわいてきた。ナッシュは知らないが、私はかつて彼を愛していた。そしてデイヴィスを授かったのだ。でもナッシュは私と私の家族の心を砕いた。それなのに相変わらず子犬のように無邪気に親しげに振る舞っている。

彼は良心の呵責《かしやく》を感じないの？


本人にきいてみたいが、例の投資の件は口にしないと祖父と約束した。人間は余計なことは言わずに、神が罪人の良心に働きかけるのを待つしかない。

ナッシュはパンケーキの端をフォークで小さく切り取り、バターもシロップもつけずに恐る恐るかじった。やはり胃はまだかなり不機嫌らしい。元気を装ってはいるが本調子ではないのだろう。

同情してはだめ。彼を見つめるのもやめないと！

ハーロウは何か気を紛らわす会話でもしようと思ったが、適当な話題が一つも浮かばない。

すると会話上手なナッシュが、デイヴィスと話しだした。パンケーキはブルーベリー味とチョコチップ味のどちらがいいかという気楽な話題だ。

快活で利発な息子はこの初対面の聞き上手な客になつき、さっそく大好きなアニメの話を始めた。

「『野菜物語《ヴェジテールズ》』って、主人公が野菜だったよね？トマトのボブと……ニンジンのラリーだっけ？」ナッシュはわざと間違えた。

デイヴィスは激しくかぶりを振り、くすくす笑った。「ラリーはニンジンじゃないよ。キューイ！」

「キューイ？」ナッシュは説明を求めるようにハーロウを見た。

「キュウリよ」ハーロウは思わず笑みをこぼした。ナッシュにほほ笑みかけたわけではない。息子のかわいい幼児語に顔がほころんだだけだ。正直に言えば、キッチンを占領するくらい大きくてハンサムなアスリートに目を奪われていたけれども。

「キュウリか。そいつは知らなかったな」

ナッシュににっこり笑みを返されて、ハーロウは警戒しつつも緊張を解き始めた。息子と話す彼の様子に疑念や作為は感じられない。あくまでも無心に見える。そして女性やメディアだけでなく、子供までナッシュの魅力の虜《とりこ》になってしまうのだ。多くの企業が彼を広告塔に使いたがるのも無理はない。

愛らしいデイヴィスの出自に好奇心を抱いたとしても、ナッシュはそんなそぶりは見せていない。

子供の前で尋ねるのは失礼だと思っているの？

二人きりになったら私を質問攻めにするつもり？

最大の懸念は、デイヴィスの父親は別の男性だと言う勇気が私にあるかどうかだ。

嘘をつくと考えただけで胃が痛くなる。

いったいいつになったら彼はフロリダへ帰り、私と家族は平和な日々を取り戻せるのかしら。

木の床にモンローの松葉杖の音が響いて、ハーロウは不穏な物思いから覚めた。妹はギプスをつけた脚を浮かせてキッチンへ入ってくると、ナッシュからデイヴィス、そしてハーロウへと視線を走らせた。すると緊迫した状況ですばやく決断を下すことに慣れた元軍人らしく、まっすぐ甥《おい》に歩み寄って頭にキスをした。母親のような愛情のこもったキスだ。

「おはよう、ダーリン。朝ごはんは食べ終わった？

『子犬のお友達《パピーフレンズ》』が始まるわよ」

「そうだ！」デイヴィスは慌ててミルクを飲みほし、満足げに長いため息をついた。「終わったよ」

モンローは甥に片手を差し出した。デイヴィスは客と母のことはすっかり忘れ、お気に入りのアニメを見るために叔母とキッチンを出ていった。

あとには、ハーロウが敵と二人きりで残された。でもナッシュは敵ではない。ただし、彼はその気になれば今も私を傷つけることができる。

そう考えると怖くてたまらない。

彼はデイヴィスにとても優しかった。

ナッシュはコーヒーをひと口すすり、マグカップを注意深くテーブルに戻すと低い声で言った。「モンローに子供がいるとは知らなかったな」

パンケーキを口に運びかけていたハーロウの手が止まった。ナッシュは、デイヴィスが妹の子だと思っているのだ。そう思ってくれたらと期待はしたが、彼がそれをずばり口に出すとは予想外だった。

どう応じればいいのかわからない。ハーロウは時間を稼ごうとパンケーキをほおばった。心の中では良心が聖戦を繰り広げている。

嘘をつくのは簡単だ。でも一度ついたらばれないように次々嘘を重ねることになり、結局は悲惨な事態に陥る。それに私の問題に妹を巻きこむのも、嘘をつくのも過ちだ。嘘の父親は悪魔だと聖書に書いてあったのでは？　悪魔とは関わりたくない。特に息子の問題で悪魔と関わるわけにいかない。

デイヴィスは私とナッシュの子だ。神と息子を深く愛している私にはその真実を偽ることはできない。

ハーロウは喉につかえた塊をのみくだしてささやいた。「デイヴィスはモンローの子じゃないわ。私の息子よ」

# 6

ナッシュはあんぐりと口を開けた。

〝私の息子〟だって？　いつ、誰と作ったんだ？

何度かまばたきしてみたが、ショックのあまり放心状態から抜け出せない。

ハーロウがデイヴィスの母親。親友だったハーロウに子供がいる。それを僕は知らなかった。

疑念が頭をもたげたが、厄介な雑草の芽を引き抜くようにナッシュはその疑いを根こそぎにした。

あの夜のあと、僕はハーロウに二度も電話をかけ、妊娠について尋ねた。彼女は問題ないと答えた。その後はエージェントのスターリングが調査を引き継ぎ、妊娠していないことは確認ずみだ。

スターリングによれば、ハーロウは別の男とつき合っているとのことだった。

そうか。そのデート相手が彼女を捨て、シングルマザーにしたわけか。

ナッシュはその考えに飛びついたが、ハーロウに真偽は確かめなかった。僕には関係のない話だ。

それでも彼女をひどい目に遭わせたろくでなしには腹が立った。そして再び疑念が頭をもたげた。

そのろくでなしが、僕でなければいいが……。

いいや、僕のはずがない。

僕が父親なら、ハーロウは打ち明けたはずだ。二人はなんでも話し合える親友なのだから。

というか、かつては親友だった。

その友情は僕のせいで失われてしまった。ナッシュは自分のせいで大切な友情をなくしたことを後悔していた。ハーロウと再会し、ここ一週間毎日見舞ってもらい世話してもらう中で、自分はずっと彼女を恋しく思っていたのだと初めて気づいた。

そう、僕はハーロウ・マシスンが好きなのだ。彼女は誠実で嘘《うそ》がなく、僕の成功には無関心だ。

実際、見舞いに来るハーロウはいつも堅苦しく、よそよそしくかった。四年間いっさいの連絡を絶っていた僕を許せないのだろう。その気持ちは理解できる。彼女の冷淡さを恨んではいない。ただ、自分がその原因を作ったことは悔やんでいる。

だからハーロウが来たときは、どんなに体調が悪くても軽いおしゃべりや冗談を交わすよう努めた。彼女の笑顔を見たかったし笑い声を聞きたかった。もう一度友達になりたかったのだ。そしてハーロウは徐々に打ち解けてきた。

けれど彼女は急に笑うのをやめることがあった。まるで僕と一緒にいるのを楽しんでいる自分に気づき、それを恥じるかのように。とはいえ、ハーロウは日ごとに僕の記憶にある少女に戻りつつあった。

ただし、その少女は魅力的な女性に成長していた。

今朝ここへ来たのは預けていた馬を引き取るためだが、実はむしろハーロウに会いたかったのだ。

ハーロウにはいかにも田舎の健全な女性らしい魅力がある。彼女のすべてが本物で偽りがない。

ほら、まただ。僕は親切な隣人について勝手な妄想にふけっている。高熱の後遺症で頭がどうかしたのだろうか？　ナッシュは咳払《せきばら》いして言った。「デイヴィスはいい子みたいだね」

「本当にいい子よ。あの子を授かったことは私の人生で最良の出来事だわ」

「そうか。それは何よりだ」そこでまた、子供の父親が誰なのかききたくなった。知りたい気持ちと知りたくない気持ちが相半ばしている。

もし僕が父親なら、ハーロウには償いきれない負い目がある。今や金を失った自分は彼女に財政的援助すらできない。だが別の誰かが父親なら、尋ねることはハーロウに失礼ではないだろうか？

きこうかやめようか迷っていると、ハーロウが立ちあがった。「ミルクでも飲む？　コーヒーより胃に優しいでしょう」

「ああ、そのほうがよさそうだな」

ハーロウは冷蔵庫を開け、彼に背を向けたまま言った。「知りたいなら話すけど、デイヴィスの父親とつき合ったのはごく短い期間だったの。私たちは別れ、彼は去っていった。でも後悔はないわ。彼は私も子供も欲しがらなかったかもしれない。だけどデイヴィスを授けてくれたんですもの」

ナッシュはほっとすべきか憤慨すべきかわからなかった。彼女をシングルマザーにしたのは自分ではなかったが、それをした誰かがいるのだ。

心臓がナッシュに聞こえるのではと心配になるほど激しく打ち、彼の前にミルクのグラスを置く手がかすかに震えた。震えに気づかれないよう、ハーロウは急いで椅子に座り、手を組んで膝に置いた。

まさか我が家のキッチンで、ナッシュ相手に息子について穏やかに語り合うとは思いもよらなかった。でも嘘はついていない。ナッシュが私とつき合ったのはごく短期間——一夜だけだ。そして彼は去っていった。私のことも子供も欲しがらず、欲しがっていた成功を得た。すべて本当のことだ。

私の説明には何かが欠けていると察したとしても、ナッシュはそこを深く追及してこなかった。

「それじゃあ、君と息子はどうにかやっていけているのかい？」

「どうにかどころか、楽しくやってるわ。マシスン家は何があっても生き延び、繁栄していくのよ」

「そうか。それならよかった。君がろくでなしの男に傷つけられたのは気の毒だったが」

「今も言ったとおり、デイヴィスも私も元気で楽しくやっている。肝心なのはそれだけよ」

ナッシュはグラスを取りあげ、飲まずにミルクを見つめた。「四年前、僕が出ていったときはガスは杖《つえ》をついていなかった。どこが悪いんだい？」

祖父の膝は無難な話題だ。ハーロウは肩の力を抜き、組んだ手をゆるめた。「年のせいで膝関節がすり減ってしまったの。でもポピーは八十歳になっても四十歳のときと同じようになんでもできて当然だと思っている。だから大憤慨よ」

ナッシュは顔をしかめた。「手術が必要なんじゃないのか？」

「ええ。でも本人が拒否してるわ」それから祖父の声色をまねて言った。「〝わしの体を切り刻むことは許さん。神がお治しにならないなら、壊れた体のままでいるまでだ〟って」

手術代を払えない祖父が、さらなる借金で家族を縛りたくないのだということは黙っておいた。

ナッシュは低く笑った。ハーロウと家族を長い間ないがしろにしてきた男性らしくない、温かくて親しみのこもった笑い声だった。「いかにもガスらしいな。それでモンローは、僕が出ていったときには海軍に入っていたが、負傷したのか？」

「軍艦火災が起きて、なんとか脱出したの」妹が心と体に負った傷に比べれば、自分の問題など小さく思える。「モンローはここ二、三年いろいろつらい目に遭ってきたのよ。顔のやけどのことには触れないであげてね。すごく気にしているから」

「ああ、決して触れないとも」

彼の昔と変わらない思いやりを感じて、ハーロウは戸惑った。モンローのやけどには同情を示すのに、なぜ自分が引き起こした惨事は気にかけないの？恥ずかしすぎて口に出せないのかしら。

でも彼は裕福だ。昨年は契約金数百万ドルという噂《うわさ》を聞いた。サンダウン・ヴァレー中が何日もその話題で持ちきりだった。もしナッシュに本当に思いやりと良心があるなら、我が家が例の投資で失ったお金を一セント残らず返してくれてもいいはずだ。

ハーロウが失った金のことをしつこく考えていると、ナッシュはさらに親しげに尋ねた。「脚の怪我《けが》も任務中に負ったのかい？」そしてミルクをテーブルに置いた。大きな手がグラスを覆っている。

昔からうっとりと眺めてきた男らしく美しい手を、ハーロウは今も見つめずにいられなかった。きれいに日焼けした手の甲に太い血管が走り、親指と人さし指の間にうっすらと傷跡がある。干し草の俵《ヘイベール》を引っかける金属のフックがつけた傷は男の勲章だ。

フットボール解説者はナッシュの手を〝ゾフトハンド〟と呼んでいた。楕円形《だえんけい》で横に回転しながら飛ぶボールを難なくキャッチするしなやかな手と高度な技術をたたえた言葉だ。ただしナッシュ・コービンにやわ《ソフト》なところは一つもない。彼はその手で乱暴な去勢雄牛の世話もしたし、ハーロウが泣いたときには背中や髪を優しく撫《な》でてくれた。

ハーロウは彼の力強い手と長い指が恋しかった。

ナッシュはなぜ二人の友情を捨ててしまったの？ ともに過ごした最後の夜を恥じているから私のことを忘れると決めたの？ そう考えると、いい思い出と悪い思い出の両方がよみがえって胸が痛んだ。

もう二度と彼に心を乱されるものですか。

ナッシュの手から視線を引きはがして、ハーロウはモンローの脚の怪我の説明に戻った。

「家畜小屋の裏にある、がらくたをしまった古い物置を覚えている？」

「もちろん。君とガスが牧場の不用品や壊れた電気器具を運びこむ手伝いをしたからね」

当時ナッシュは進んでうちの牧場の手伝いをしてくれたものだった。あの坊主は一人っ子だからよその子供と一緒にいたがるのだと祖父は言っていた。

「ポピーは根っからの修理好きなのよ。あのがらくたもなんとか修理できると思っていたの」

もっとも、私の壊れた心も、ナッシュがもたらした我が家の財政破綻も修理できなかったけれど。

「それで、古い物置とモンローの脚の怪我にどんな関係があるんだい？」

彼の真剣なまなざしは、彼女が頭の中で作りあげた怪物ではなく、かつて知っていた無垢《むく》な少年のままだ。ハーロウはまた戸惑いを覚えた。

「物置の床が腐っていたの。妹は床板を踏み抜いて複雑骨折。手術を受け、あらゆる処置をしたわ」

「あいたた！」ナッシュは顔をゆがめた。「彼女の痛みは他人事《ひとごと》とは思えないよ」

「でしょうね。あなたの肩はどんな具合？」

彼はつらそうな表情で右肩に触れた。「もっと早く回復してくれると思ったんだが」

ハーロウはマグカップをつかんだ。幸い、もう手は震えていない。デイヴィスの父親の話からナッシュの注意をうまくそらすことができた。彼の好奇心は満たされ、息子の話題は終了したのならいいけど。このあとは、何かばかげた思い出話でもして笑い合い、時間をやり過ごせるだろう。その間ずっと、早く帰ってほしいと祈り続けるとしても。

たとえ失ったお金のことが頭から離れなくても、祖父を失望させないよう、その件は黙っていなくては。すでにさんざん失望させてきたのだから。

「きっとウイルス性の胃腸炎か何かの影響で、肩の治りが遅れているのよ」いかにも善意の隣人らしい無難な返しだわ。ハーロウは自分でも感心した。

「はいはい、おしゃるとおり」ナッシュは苛立《いらだ》っているようだ。治りが遅いのが心配なのだろう。大きな夢を抱いた少年は、いったん手にしたその夢を失えば打ちのめされるはずだ。ひどい目に遭わされたにもかかわらず、ハーロウは彼を気の毒に思った。

まさに矛盾そのものね！　恨みから同情へすばやく揺れ動く自分の気持ちに彼女はあきれた。

「手術して、まだ二週間くらいでしょう？　焦らないで。胃腸の調子がよくなってきたんだから、これからは肩のリハビリに専念できるわ」

「ああ、そうだよな」ナッシュの額のしわが少しずつ消えていく。「ありがとう、相棒」大きな美しい手がテーブル越しに伸びてきて、気づいたときにはハーロウの手はその手に包まれていた。

幼いころから、私の小さな手をつかんで冒険へといざなうこの大きな手が大好きで、どこへでもいそいそとついていった。何があろうとナッシュが守ってくれると信じていたのだ。

その後、つらい経験を通じて自分の身は自分で守るすべを学んだ。

「いつだって君は僕の気分を明るくしてくれた。君なしではこの一週間を乗りきれなかった」ナッシュはつかんだ手にそっと力をこめた。強く握りすぎないよう抑えているが、病みあがりでも彼はやはり屈強だ。「ハーロウ、君が恋しかったよ」

たちまちハーロウの顔に血が上った。胸の高鳴りを抑えようとつばをのみこんだが、鼓動は速まるばかりだ。私も彼が恋しかった。すごく恋しかった。

いいえ、だめ。これはいい考えではないわ。

こんなふうに考えるなんて、熱があるに違いない。たぶんナッシュの病気がうつったのよ。彼は私の家族を打ちのめした敵なのに。

とはいえ、ナッシュは私が人生で唯一愛した男性でもある。その愛は憎しみに変わってしまったが。

ナッシュを恋しく思ったことなどないし、今後もそんな気持ちを抱いたりしない。彼には、立ち去って二度と戻らないでほしいと望むだけだ。

そうでしょう？　それとも違うの？

ハーロウは頭が混乱し、彼につかまれた手を引き抜いて立ちあがると自分の食器をシンクへ運んだ。ナッシュもあとから食器を持ってやってきた。

急に席を立ったハーロウを妙だと思ったとしても、彼はそんなそぶりは見せなかった。

昔のように二人は並んでシンクの前に立った。君が恋しかったと言われて、ハーロウは次に続く誘いの言葉を半ば期待した。〝ここを逃げ出して世界を見に行こう。象に乗って、エベレストに登ろう〟

そう誘われたら、同じくらい実現不可能な夢で応じる。〝イギリス海峡を泳いで渡り、南極でイグルーを作りましょう〟と。

サンダウン・ヴァレーを逃げ出す夢は、かつて二人の間で繰り返し交わされた冗談だった。特にナッシュと彼の父親が牧場の仕事をめぐって対立したときは、そのおなじみの冗談で憂さを晴らしたものだ。

でもナッシュは夢を実現して出ていき、私はここに残った。

「君が洗って僕が拭く。それでいいかな？」隣に立つナッシュが黒い眉を片方上げてきいた。茶色の瞳が温かく親しげにきらめいている。

そう、昔と同じだ。ただし昔と今をつなぐ橋の下にはあまりに大量の泥水が流れてあふれそうだ。ナッシュは昔に戻れると思っているかもしれないが、それはできない。

「布巾は相変わらず引き出しの中かい？」ナッシュは古びた引き出しの取っ手に指をかけた。

ハーロウがシンクに水をためようと蛇口を開くと、水が急に勢いよく飛び散った。「ええ、それは同じよ。多くのことが四年前とは変わったけれど」

「大切なことは何も変わってなければいいが」ナッシュは布巾を取り出し、洗った皿を拭き始めた。

親切にするのはやめてとハーロウは叫びたかった。ただ黙って出ていってほしい。それでなくても頭が混乱して目がまわり、倒れそうなのに。

そして今は絶対に倒れるわけにいかない。

四年前に心を踏みにじられたことは忘れられない し、忘れてはいけない教訓だ。

水の勢いが弱まり、しずくが垂れるだけになった ので、ハーロウは蛇口を閉め、少し待ってから再び 開けた。水道管はごぼごぼと奇妙な音をたてたが、 やがて調子を取り戻して水が出始めた。

「水道がどうかしたのか?」

「たぶん管が古くなったせいよ。深刻な事態でなけ ればいいんだけど」

「ガスは膝が悪いし、モンローは松葉杖をついてい る。最近この家の仕事はほとんど君が担ってるよう なものだろう」

「なんとか一人でこなせているわ」

「あと一、二日待ってくれ。体調がすっかり回復し たら、ここにいる間は手を貸すよ」

どうか親切にするのはやめてちょうだい。

「あなたには肩の問題もあるじゃない」

「肩はどのみちリハビリが必要だ。今回の手術は二 度目で、最初は大学時代だった。覚えてるかい?」

「もちろん。あのときはリハビリに協力したもの」

言ったとたんハーロウは後悔した。思い出に浸り、 二人の関係が変わっていないふりをするのは愚かな 行為だ。もう二度と彼の愚かな相棒にはならない。

「だから僕たち二人はリハビリ中にしていいことと いけないことを知っている。そして僕の肩は片方悪 いだけだ。〝まだもう一方のまともな腕で君を抱け るよ、ダーリン〟」ナッシュはウインクした。

ハーロウはつい笑ってしまった。祖父お気に入り の古い西部劇中のサム・エリオットの台詞《せりふ》で、ナッ シュは彼女をからかったのだ。「その映画なら、三 日前の夜もポピーが見ていたわ。今やデイヴィスま でドク・ホリデイの有名な台詞を言えるのよ」

ナッシュは驚いて身を引いた。「まさか幼い子供にならず者の決闘の映画を見せていないよな?」

「まさか! でもポピーはしょっちゅう映画の台詞を口にするし、デイヴィスはポピーのすることも言うことも全部まねるの。ポピーが大好きだから」

「ガスのように善良な大人が身近にいて、彼を手本にできて、君の息子は幸運だ。父親のことは残念だったが。ハーロウ、君にとっても災難だったね」

またその話? ナッシュは本当にフロリダへ帰るべきよ。ハーロウが如才ない返事を思いつく前に、ジーンズの後ろポケットで携帯電話が鳴った。

濡《ぬ》れた手をジーンズの脇で拭いて、彼女は電話を取り出した。

ポピーからだ。

「ハーロウ」祖父は息を切らし、声は張りつめている。「すぐ来てくれ。まずいことになった」

# 7

「ポピー、どうしたの? ポピー!」ハーロウが携帯電話から顔を上げて、心配そうな表情でナッシュを見た。大きく見開かれたはしばみ色の目には恐怖が浮かんでいる。「電話が切れたわ」

ナッシュは体中にアドレナリンがみなぎり、髪が逆立つのを感じた。「助けを求めていたのか?」

「はっきりとは言わなかったけど、そうだと思う。何が起きたかはわからない。でもすぐに来てほしいって」ハーロウは電話をポケットに戻した。

ナッシュは濡《ぬ》れた布巾をカウンターに投げ、上着をつかんだ。ガスは人騒がせな人物ではない。むしろ逆だ。もし彼が助けを求めたのなら、何かよほど深刻な事態に陥ったに違いない。

牧場で育ったナッシュは牧畜が非常に危険な職業であることを知っていた。大型の家畜とさらに大型の機械を扱う仕事はリスクを伴う。事故はつきものだ。しかし牧場経営者はリスクに慣れすぎて油断することがある。その結果、悲劇に襲われるのだ。

ガスは脚の悪い老人なのに、頑固なプライドのせいで自分がもう昔と同じ仕事はできないと認めようとしない。ナッシュは急に口が乾き、ごくりとつばをのみこんだ。「ガスはどこにいるんだ?」

「干し草用の牧草地。どの牧草地かは言ってなかったけど、たぶん家から一番近いところね」ハーロウもパーカーを着てフードをかぶった。

「よし、行くぞ」

今回ばかりは、あなたは病みあがりだからだめ、と言い返されなかった。確かに僕は本調子ではないかもしれないが、とにかく一緒に行くつもりだ。

ハーロウは裏口から飛び出し、ピックアップトラックを止めた納屋へ走った。

トラックに乗りこんでドアを閉めるころには、ナッシュは激しくあえぎ、膝も震えていた。朝のジョギングのあと、今度はトラックまでダッシュして、弱った体がみるみる疲れ果てていくのがわかる。

彼がシートベルトを締める間もなく、ハーロウは四輪駆動に切り替え、泥道を猛スピードで走りだした。ぬかるんだ地面でタイヤが空転し、エンジンが悲鳴をあげる。

「立ち往生しなければいいが」ナッシュが言うと、ハーロウはアクセルを思いきり踏みこんだ。

ナッシュの体はダッシュボードに突っこみそうになった。年代物のトラックは、でこぼこ道を泥を跳ね飛ばしながら進み、車が上下に揺れるたび、彼の肩から首へ鋭い痛みが走った。

ハーロウの運転は、まさにナッシュの記憶どおりだった。速くて、強気で、ひたむきだ。

彼女がおびえているのを感じて、ナッシュも動揺した。ハーロウはめったなことでは怖がらないのに。ただし家族の危機となると話は別だ。両親を交通事故で亡くした過去を考えれば、それも当然だろう。

「馬で来たほうがよかったかしら。だけど鞍《くら》をつける時間が惜しかったし、ポピーは具合が悪そうだった。もし怪我《けが》をしているなら、どのみちトラックが必要だわ」ハーロウはぶつぶつつぶやき、下唇を噛《か》んだ。ハンドルを握りしめて前かがみになり、遠方に目を凝らして祖父の姿を捜している。

ナッシュは彼女のこわばった肘を軽く叩《たた》いた。

「取り越し苦労はよせ。倒れた雌牛がいて、ガス一人では運べないだけかもしれない。あるいはコヨーテの群れを見かけたとか」そうでありますようにとナッシュは祈った。おかしなことに、過去四年間より今回牧場に戻ってからのほうが祈っている回数が多い。いや、おかしくはない。むしろ嘆かわしいことだ。母が生きていたら、がっかりしただろう。

だが肩の故障と破産の恐怖を抱え、病気で死にかけていた一週間、怖くて祈らずにいられなかった。

「そうだといいけど」ハーロウは彼をちらりと見た。「あなたもなんだか具合が悪そうね」

ああ。肩が痛むし、もうへとへとだ。「いや、僕は大丈夫。運動不足で体がなまっているだけさ」

男にはプライドがある。美人の前で気を失うなんて、僕のプライドが許さない。たとえその美人がかつての親友だったとしても。というか、相手がハーロウだからこそ見栄を張りたいのかもしれない。

妙な話ながら、それが真実だ。気づかなかったが、僕はずっと彼女が恋しくてたまらなかったのだ。

「君は足が速い。女の子にしてはね。あとを追って走った僕は蒸気機関車並みに激しくあえいだよ」

ハーロウはにっこり笑った。彼女の不安を和らげたくて言ったジョークをわかってくれたのだろう。〝女の子にしては〟とつけ加えるのは、かつて二人の間で定番のジョークだった。ナッシュはずば抜けて大柄で足も速かったが、ハーロウはラバ並みの頑固さと持久力でなんとか彼についてきたものだ。

ハーロウ・マシスンにやわなところは一つもない。

ナッシュがほほ笑みかけると、ハーロウの笑みが返ってきた。二人の間を楽しい思い出が行き交い、その思い出が彼の心に満ちあふれた……。

一緒に森へブラックベリーを摘みに行き、道に迷ったことがある。ハーロウは僕の手を握り、あなたが一緒だから何も怖くないと言い放った。あの日、彼女の手を引いて無事に森を抜け出せたとき、僕は最高に誇らしい気分で有頂天になった。

二人が九歳だったあの日のことを、ナッシュは思わず口にしかけたが、ハーロウが不意に目をそらした。友達らしい和やかな会話が始まりそうになるたび、彼女はこんなふうにそっぽを向く。まるで思い出すのが耐えられないというように。

「ポピー、どこにいるの？」ハーロウはフロントガラスに向き直り、歯を食いしばったままつぶやいた。

「ガスはまだ例のオレンジ色の大型トラクターに乗っているのか？」

「ええ」

そのトラクターは古いが頑丈で、まだ役に立つに違いない。それに派手な色で見つけやすいだろう。

二人を乗せたトラックは、干し草を圧縮して円柱状に固めた巨大な干し草《ヘイベール》の俵がずらりと並ぶ横を通り過ぎた。だがガスの姿はなかった。

「ここのヘイベールはまだ移動させていないのね。きっと南の牧草地から始めたんだわ」ハーロウはスピードを落とさずに、いきなりハンドルを切って南へ向かった。

「なぜヘイベールを移動させるんだい？ 俵状に固

めてあれば雨に濡れても平気だろうに」

「もっと家の近くへ運ぶのよ。すごく寒い日に牛に餌をやるとき、私たちが楽なようにね」

そうだった。ナッシュは思い出した。もっとも、父は巨大なヘイベールをそのまま置きっぱなしにしていた。冬が来て、みぞれと強風で骨まで凍りつきそうな寒さの中、牛の餌やりのために素手でヘイベールをトラックに積むのは僕の仕事だった。

それは、もう二度とやらないと誓った仕事だ。

僕の牧場は、スポーツカーやヨットと一緒に売り払うべきだろう。そうすれば、少なくともしばらくは暮らしていく金ができる。自分の憂鬱な問題を考えるのはやめて、ナッシュは広大な牧草地に目を凝らし、オレンジ色のトラクターを捜した。

「あったぞ。あれじゃないか?」

ハーロウは彼が指さす方向にハンドルを切り、アクセルを踏んだ。またもタイヤが空転し、跳ねあがった泥でフロントガラスに茶色の染みができたが、頑丈なトラックは揺れながらも先へ進んだ。

現場へ近づくと、ハーロウははっと息をのんだ。

「ああ、なんてこと。トラクターが横転したんだわ。神よ、どうか、どうか、私のポピーを」

ナッシュの背筋を恐怖が這《は》いのぼり、彼も心の中でハーロウの支離滅裂な祈りを繰り返した。

トラクターの横転は、農場や牧場ではごくありふれた、だが最も致命的な事故だ。

脚の悪い老人のガスはすばやく動けない。もし横転前に飛びおりてトラクターから離れることができなかった場合、下敷きになった可能性がある。千四百キロの農機具の下敷きになれば大惨事だ。そんな可能性は考えたくない。

ナッシュはハーロウを安心させようと、緊張してこわばる彼女の腕に手を置いた。「落ち着くんだ。大丈夫。ガスは電話ができたじゃないか」

ハーロウは真っ青な顔で彼を見ようともしなかったが、一つうなずいた。そして横転したトラクターの近くにトラックを止めると車から飛び出し、ぬかるんだ地面を駆けていった。

ところがナッシュは、手術した肩が痛むせいでトラックのドアを開けるのに手間取った。しかも病みあがりの体に刻々と疲労が増していく。今の彼は生まれたての子ネズミよりも弱々しかった。

ようやくハーロウのもとにたどり着いたときには、彼女は倒れたガスの横にひざまずき、頭を優しく抱いていた。ガスはトラクターから五、六十センチ離れていたが、トラクターの下から彼のつぶれた帽子とブーツの片方が突き出ている。

ナッシュの胸にどっと安堵《あんど》が押し寄せた。

ガスは下敷きにはならなかったようだ。トラクターが倒れるとき運転席から投げ出されたか、下敷きになったのが片方の足先だけで、どうにかブーツを脱いで這って離れたかしたのだろう。

ナッシュは目を閉じて無言で感謝の祈りをささげた。またも祈ったのだ。四年間さぼっていた僕の祈りに、神が耳を傾けてくだされぱいいが。

「ポピー」ハーロウは祖父の頬を軽く叩いた。「何か言ってちょうだい。ポピー、聞こえる？」

ガスのまぶたがはためいて開いた。「騒ぐな。目を休めていただけだ」

ハーロウの口元に笑みらしきものが浮かんだ。彼女は一瞬ナッシュを見てから祖父に目を戻した。ナッシュは彼女の瞳に残る不安の色に気づいた。まだ危機を脱したわけではないのだ。ガスは生きていたが、顔は真っ青で横たわったまま身じろぎもしない。元気なら、大騒ぎして起きあがろうとするはずだ。

「ポピー、どこか痛む？」

「背中がちっと壊れたみたいだ。肩も少しずきずきする。肘は外れたようだな」ガスは右腕を動かそうとしたが、痛みに顔をしかめてやめた。「肘に気をつけて体を起こしてくれ。脚は役に立たん」

ナッシュはガスのそばのぬかるみに片膝をついた。冷たい泥水がスウェットパンツに染みて身震いしかけたが、なんとかこらえた。「ガス、動いちゃだめだ。救急車を呼びましょう」

ハーロウは自分の耳を疑い、祖父からナッシュへ視線を移した。ここにいることを誰にも知られたくないはずの彼が救急車を呼ぶというの？ もし呼べば、一時間以内に町中が大物アスリートの存在を知ることになる。そんな危険を進んで冒すの？ あれほどプライバシーにこだわっていたのに、なぜ？

真摯な茶色の瞳がハーロウの視線をとらえた。

「救急隊員の手を借りずにガスを動かせば、怪我を悪化させる恐れがある。今は動かさないほうがいい。トラックに毛布を積んでいるかい？」

理にかなった賢明な判断だ。でもその気遣いが自己中心的な大物アスリートのイメージと一致しない。彼は一瞬で親切な隣家の少年に変わるのだ。

「毛布はないわ」普段ならこの季節には積んでいるが、先日見つけた子牛を包むのに使ってしまった。

「だが救急車が来るまでガスを暖かくしておかないと」ナッシュは自分の上着を脱ぎ始めた。

なんて優しいの。これこそ本当に昔のナッシュがしそうなことだわ。ハーロウの心に張った氷にひびが入り、欠けた一片が溶けて流れて泥だらけのカウボーイブーツの爪先まで落ちていった。「あなたは病みあがりでしょう。私のパーカーで包むわ」

ナッシュはその言葉を無視して、手術した肩から慎重に上着を滑らせた。

ポピーがナッシュの足首をつかんだ。「坊主、上着を着ておけ。わしは起きあがるぞ。トラクターから投げ出されて少々驚いただけのことだ」

「ガス、ちゃんと診てもらわなきゃだめですよ」

ポピーは片目をつぶった。「おまえもな」

「だけどどちらも頑固すぎて病院へ行かないのね」

ハーロウはナッシュをにらんだ。「上着を着て！」

ところがナッシュは上着をポピーの肩にかけた。

「さあ、つまらん言い合いはやめて、わしの尻が凍りつく前に起こしてくれ。さっさとしないと三人とも流行《はや》り病《やまい》にかかってしまうぞ」

ハーロウは頑固な祖父が怪我の深刻さを隠しているのではと不安だった。愛しているから心配なのに、なぜわかってくれないの？「ポピー、投げ出されたあと気を失った？　しばらく気絶していた？」

祖父は答える代わりに孫娘に恐ろしい一瞥《いちべつ》を投げた。「わしは、起こしてくれと言ったんだ」

これは本気で怒っているときの口調だ。ハーロウはかぶりを振ってあきらめた。祖父の心は体より強い。そして自分のことを自分で決めるのは当然の権利だ。たとえ孫には賛成できない決定であっても。

「手を貸してもらっても大丈夫？」ハーロウはナッシュにきいた。

ナッシュはガスの背後にまわり、いいほうの左肩を老人の背中の下にあてがい、自分の大きな体を使ってゆっくりとガスを立たせた。

ハーロウはナッシュの顔色の悪さが心配だったが、立たせた祖父がまた倒れないよう二人で支えるだけで精いっぱいだった。ポピーは年老いて、昔は力強かった体が日々弱ってきている。たった今も息を切らし、ふらふらとよろめいている。きっと話してくれた以上の怪我を負っているに違いない。

肋骨《ろっこつ》が折れているの？　心臓発作が起きたの？

不意にもっと恐ろしい考えが浮かんだ。ひょっとして脳卒中を起こし、そのせいでトラクターを横転させたのでは？

「僕がトラックまで運ぶよ」

ハーロウははっと我に返ってナッシュを見た。

「いいえ、今のあなたには無理よ。肩も痛そうだし、胃の不調も治りきってないみたいだもの」

そのとき、ナッシュにしがみついてやっと立っていた祖父が必死で姿勢を正した。「勝手にどこかへ運ぶことなど許さん。わしは自力で歩ける」

孫と隣人の手を押しのけると、ポピーは二歩前へ進み、それからくずおれ始めた。

ポピーがぬかるみに倒れこむ寸前、ナッシュが大きな肩を祖父の胸にあてがい、老いた体を家畜の餌袋のように肩に担ぎあげた。

祖父はひと声うなったものの逆らわず、ナッシュは祖父を背負ったままトラックへ向かった。

そしてハーロウは、頑固な二人の男性を心配しながら冷たい風を吸いこんだ。

# 8

ナッシュは隣人のためにヒーローを演じたあと、激しい疲労と寒けに襲われて回復に二日かかった。ガスを家へ運びこみ、さんざん世話を焼き、あげくに追い払われ、帰りはハーロウにトラックで送ってもらった。そのころには寒けで全身ががたがた震え、自力で家の中へ入るのがやっとだった。前にも同じことがあった気がする。病気がぶり返し、また最初からやり直しだ。回復までの二日間、彼は毛布にくるまり、スープをすすっては眠って過ごした。

無敵のアスリートはどこまで堕落するのだろう。倒れていたガスを背負ってトラックへ運び、さらにトラックから家まで運んだせいで疲れ果てたことは、もちろんハーロウには黙っていた。そもそも彼女には無理だと止められたのだから。

しかし傷ついた友人のために、男がほかに何ができるというんだ？　たとえ痛めたほうの肩を使うしかなくても、衰えた体力を使いきることになっても、必要なら、僕は迷わずまたガスを背負うだろう。

幸いガスは、試合中にぶつかる相手チームの選手ほど大きくも重くもなかった。

そして僕の体力がひと眠りごとに刻々と回復する一方で、老いたガスが今回の怪我《けが》から回復するにはもっと長い時間がかかるだろう。

ハーロウによれば、ガスはいまだに病院へ行くことを拒否して、自分はただくたくたなだけだと言い張っているらしい。それでも背中と腰の痛みのため、ほとんどの時間リクライニングチェアに横たわっているという。足首は風船のように腫れあがり、腕は間に合わせの包帯で吊《つ》っているそうだ。

ハーロウはオンライン講座で家畜の健康管理を学んでおり、怪我についての知識も豊富だ。彼女が言うには人間の怪我も動物と似たようなもので、骨折か肉離れかくらいはすぐわかるらしい。ガスの場合は肉離れで、あとは捻挫と打撲傷とのことだった。

その週の終わりには、ナッシュのウイルス性胃腸炎は完治し、疲労もほとんど回復した。肩の傷の治りが遅いほかは、ほぼ本調子に思えた。

そして今朝は、久しぶりに底なしの食欲を覚えて目覚めた。ここしばらくの間に一、二キロ体重が落ちていても不思議はない。元に戻さなくては。今は肩のリハビリより、試合に耐えうる大きく頑丈な体を取り戻すことが肝心だ。やせこけたフットボール選手では巨大な敵を相手に長時間戦えない。

水玉模様の毛布を肩にかけて、ナッシュはキッチンへ向かった。ハーロウが買い物に行ってくれたおかげで朝食を作る程度の食材はある。

今朝はハーロウを待たずに自分で支度をしよう。ただし、彼女には来てほしいが。テレビもパソコンも携帯電話もない家に閉じこもりきりでは気が変になりそうだ。僕の失踪はSNSをにぎわせているだろうか。それとも僕はすでに過去の人なのか？

金をすべて失い、さらに仕事まで失うかもしれないと考えると、不安で胃が締めつけられた。だがどんなに不安でも当面は何もできない。そこでナッシュは楽しいことを――ハーロウと彼女の息子のことを考えた。デイヴィスは苦しむガスを見て泣いた。

心優しい子供だ。行儀がよく人懐っこい。ハーロウはとても上手に子育てをしている。

ガスが事故に遭った翌日、ハーロウは二度もここを訪れ、その後も毎日一回は僕の病状が悪化していないか確かめに来ている。そしてもっと自分の体を大切にしないと今の姿をSNSにさらすと脅し、僕が気をつけると誓うと疑わしげに鼻を鳴らした。

もう春が近いはずだが、古いキッチンは相変わらず寒かった。五月までは常に寒く、その後は灼熱《しゃくねつ》地獄になる。空調が整ったフロリダの贅沢なコンドミニアムとは雲泥の差だ。

コーヒーメーカーをセットしながら、ナッシュの心はまたもハーロウへとさまよっていった。

彼女が好きだ。昔から好きだったし、その気持ちは今も変わらない。しかしハーロウは負傷した家族の世話で手いっぱいだ。もう僕の世話まで焼く必要はない。

とはいえ、あれこれ世話してもらうのはまんざらでもなかった。まあ、少々困りもするが。かつてのハーロウは、一緒に乗馬や魚釣りを楽しむ近所の愛らしい女の子だったし、おまえなら安心だからとガスに頼まれて高校卒業ダンスパーティにエスコートした愛らしいティーンエイジャーだった。

だが現在のハーロウは、魅力的な大人の女性だ。

それがなぜ困るのかは、自分でもよくわからない。ただ、普段はヘルシーな食事を心がけ、バターたっぷりのクッキーや濃厚なシチューなどは避ける僕が、ハーロウお手製のクッキーやビーフシチューを堪能し、二人で過ごす時間を満喫している。

これは、やはりまずい。

ナッシュは顔をしかめ、時間のかかるコーヒーメーカーをにらんだ。カウンターにもたれて年代物のガラスのポットにぽたぽたと滴り落ちるコーヒーを見つめながら、彼はハーロウのことを考え続けた。

時折もう僕を好きじゃないのかと思うくらい苛立《いらだ》った様子を見せるのは、四年間も連絡を取らなかった僕の仕打ちをまだ恨んでいるからだろう。

マシスン一家のような本物の友人は得がたい存在だと苦い経験を経て学んだ今、その友情を保つ努力を怠った自分を蹴飛ばしたい気分だ。

ナッシュはその過ちを正したかった。もしも完璧な健康体を取り戻せたら、そしてもしもハーロウが正させてくれるなら。

シンクに歩み寄って窓の外を見ると、赤樫《あかがし》の木のあたりを小鳥たちがせわしなく飛びまわっていた。あれは父がタイヤのブランコを吊るしてくれた木だ。僕とハーロウは交代で乗ったり押したりして何時間も遊んだものだった。

記憶がよみがえり、ナッシュは思わずほほ笑んだ。

そのとき、牧場脇の道路を一台のトラックが通りかかった。この距離で運転手に姿を見られる心配はないが、とにかく彼は窓辺から離れた。

今日まで誰にも居場所がばれていないのは奇跡だ。マシスン一家が、険しい目でにらむモンローさえも、約束を守ってくれているからこそだろう。一家には大きな恩がある。特にハーロウには。

ほら、またハーロウのことを考えている。

世の中には、とてもすばらしい女性と息子を得るチャンスをみすみす逃す愚かな男もいるのだ。その愚か者について、ハーロウにききたい。いつかはきくつもりだ。いつか彼女が長く連絡を絶った僕を許し、二人がなんでも話せる仲に戻ったら。

そのときには僕を襲った災難についても話せるかもしれない。だが経営学の学位を有する男が自分の資産管理を怠り、すべてを失ったなんてお笑い種《ぐさ》だ。ハーロウに知られるのは恥ずかしすぎる。

ナッシュはコーヒーをひと口飲み、トースターに食パンを二枚入れた。分厚いベーコンを焼きたいところだがないので、卵四個と大量のミルクで妥協した。体の回復にはたんぱく質が重要だ。それとデザートにピーナッツバターサンドイッチを作ろう。

高熱と寒けから解放された今は、頭がすっきりしている。ナッシュは朝食をとりながら、フロリダに残してきた惨状の分析を始めた。僕の人生も、キャリアも、資産も、深刻な危機に瀕《ひん》している。

フロリダへ戻って弁護士に相談しなくては。だが誰に？　唯一知っている弁護士はエージェントから紹介された人物で、そのエージェントがもう信用できないのだ。親しいチームメイトに誰か紹介してもらえるかもしれないが、一番の親友ザック・ロジャーズにすら自分の愚かさを知られたくない。

資産の紛失には納得できる理由があるのかもしれない。エージェントのスターリング・ドーシーと話し、釈明の機会を与えてやるべきだろうか？

いいや。ナッシュはその考えを即座に却下した。今まであった金が急に消えるわけがない。誰かが意図的に消したのだ。そして僕以外に僕の金を自由に動かせるのはスターリングだけだ。

彼と話せば、有価証券や銀行預金、その他の資産すべてが突然消えたことに僕が気づいたと知られてしまう。ずる賢く抜け目のないスターリングは、僕が金を取り返すために何か手を打つ前に、自分の犯罪の証拠を隠滅し、金を持って逃げてしまうだろう。

　ピーナッツバターサンドイッチを食べながら、ナッシュは状況をあれこれ考えてみたが、結局振り出しに戻ってしまう。今の僕は無一文も同然で、心も体もぼろぼろで、どう進むべきかわからない。

　母なら祈れと言っただろう。だが僕は長年祈っていない。そもそもこの窮地に陥る前に神の意見を聞かなかった。今さら神に助けを求める資格はない。

　気がつくと、ナッシュはまたハーロウのことを考えていた。彼女は長年ガスの信仰に逆らっていたが、最近キリスト教徒になったと、二人でボードゲームをしたときに教えてくれた。僕のほうはここ数年、神とは疎遠だと打ち明けると、そう聞いても意外ではないと言われた。ハーロウはもう僕を高く評価していないのだ。以前はそうだったのに、四年も連絡を絶ち、僕は友情を台なしにしたのだろうか？　それとも友情が壊れたのは、あの最後の夜、僕が自制心を失ったせいなのか？

　どうやら肩だけでなく、信仰も友情も財政も、僕は多くの面でリハビリが必要らしい。


　ハーロウは馬の水桶《みずおけ》に水を張ろうと片手にホースを持ち、反対の手で家畜小屋横の蛇口を開けた。だがわずかな水が空気とともに飛び散っただけだ。

　いったん蛇口を閉めてもう一度開けたが、ぽたぽたと水滴が落ちたあとは再び空気が噴き出した。水道の不具合は日ごとに悪化している。

「先が思いやられるわね、オリー」ハーロウは足元に控えるコリー犬に言った。屋内の水道も同様に、水の出が日々悪くなっているのだ。

　彼女はため息をついて上着のポケットから携帯電話を取り出し、井戸修理業者の番号を調べた。

　牧場の雑用の多くは器用にこなせるが、古くなった井戸の配管の修理はさすがに無理だ。

電話がつながり、ハーロウは担当者に状況を説明して出張見積もりの費用を尋ねた。ところが答えを聞いて背筋に戦慄が走った。

結局、予約はせずに電話を切った。出張費だけでも、とても払えない額なのだ。そしてそこには実際の修理代は含まれていない。

とはいえ水は必要だ。ポピーやモンローには頼めない。どちらもそんなお金は持っていない。

気は重いがどうすべきかはわかっている。ハーロウは絶望を振り払い、オリーを従えて朝の雑用を片づけていった。その間中、ほかに解決策はないかと考え続けた。四頭の馬が彼女に近づいてきた。月毛のバーも、ナッシュの黒馬ドリフターもいる。

ナッシュはまだ自分の馬を連れ帰る元気がない。ポピーが事故に遭った日に無理をして、また体調が悪化したのだ。その後、私が見舞いに行ったときには具合の悪さを隠そうとしたが。

ハーロウは家畜小屋に積んだ干し草の俵《ヘイベール》の一つをなんとか抱えて馬の餌入れまで運んだ。腰が悲鳴をあげたが無視した。対処しなければならない問題は、腰痛以外にも山ほどあるのだ。

朝はまだ冷えるし、最近の雨で空気は湿っている。だが空は晴れて、降り注ぐ日差しがハーロウの背中を温め、健康な馬たちのつややかな毛並みを照らした。たとえさまざまな問題が肩にのしかかっていても、この牧場があり動物たちがいて、自然を通して神とのつながりを感じられれば、ハーロウは満ち足りて安らいだ気持ちになれた。

バーが金色の鼻づらを軽く押しつけてきた。ハーロウは手袋を外し、その鼻づらに手を滑らせた。ベルベットのようになめらかな感触と、手にかかる温かく湿った鼻息が心地よくて、いくら撫《な》でても撫で足りないくらいだ。

我慢強いバーは飼い主に好きなだけ撫でさせてか

ら、ほかの馬たちに交じって干し草を食べ始めた。牛追い犬のオリーは横に座って眺めている。馬の世話は自分の仕事ではないとわかっているのだろう。

牧草地では手入れの行き届いた牛たちが、ハーロウが前もって置いたヘイベールから干し草を食べている。そして母牛の朝食中に子牛はその乳を飲む。

何もかも神の恵みだ。それを忘れないようにしなくては。私の人生は恵まれている。悩みは尽きないように思えるけれども。

たとえばトラクター。相変わらず牧草地に横倒しになったままだ。ここ数日は家畜と病人と怪我人の世話で忙しすぎて、トラクターまで手がまわらなかった。いずれは隣人の誰かに頼むしかない。サンダウン牧場のトルードー家の男性三人とは親しくしている。電話をすれば来てくれるだろう。

お金の問題同様、トラクターを起こす件でもポピーとモンローの手は借りられない。妹は、私が牧場の仕事をする間、家の中を松葉杖《まつばづえ》で歩きまわり、ポピーとデイヴィスの面倒を見るのがやっとだ。

ナッシュがポピーの救助に駆けつけたせいで再び体調を崩してから、ハーロウは彼を見舞うことを不満に思わなくなった。とはいえ、彼を恨む気持ちは変わらない。ナッシュがマシスン家を破産寸前まで追いこんだ事実は何があっても消えないのだ。たとえポピーに人の罪を許すようしつこく説教されても。

ほんの一キロも離れていない場所に、あの大柄なろくでなしがいると考えると、いらいらして、でもなぜか心惹《ひ》かれて、忘れたままにしておいたほうがいいことを思い出してしまう。

もっとも、彼との間に子供を授かったことは決して忘れられないけれど。ナッシュは何も疑っていないようだ。それでも彼とデイヴィスが同じ部屋にいると、ハーロウは緊張で首や肩がこわばり、何げない態度を装うのが難しかった。

緊張するのは、神に問いかけられ、良心を揺さぶられるからでもあった。

ナッシュには自分の子供について知る権利があるのではないかと。私が隠しているのは彼への怒りと恨みのせいではないかと。確かに怒りと恨みはある。ナッシュは私たち家族の心と財産を損なった。

それなのに謝りもしない。

財産を失ったことは口にするなと祖父に禁じられていなければ、怪しげな投資を勧めた理由をナッシュに単刀直入に尋ねていただろう。裕福な彼にとってお金は重要ではないから、人に大金を失わせても罪の意識は感じないということなの？

ハーロウは頭をのけぞらせ、肩をまわした。答えの出ない問題と重すぎる責任のせいで、いったん安らいだ気持ちが乱されてしまった。

ナッシュの問題。祖父と妹の怪我。そして三日後に迫った、また別の借金の返済期限。

ハーロウは悩ましげに長々と息を吐いた。

さらに今度は、水道の不具合を至急直す必要が出てきた。

もう何か売るしかないわ。

一度か二度はナッシュに借金を頼もうかと考えたが、すぐさま考え直した。ポピーが知ったら、あまりの屈辱に耐えきれないだろう。

顔を空に向けてハーロウは祈った。「神よ、私は多くの過ちを犯しました。それでも聖書には、困っている者を神は必ずお救いくださるとあります」

散らばった干し草を熊手でかき集め始めたとき、ハーロウの目の端に何かが映った。

ため息をついたものの、裏切り者の心はときめいていた。最大の悩みの種が近づいてきたのだ。

# 9

ハーロウに向かってジョギングしてくるナッシュ・コービンの動きは、まさに優美なアスリートの見本だった。すべての筋肉が流れるように自然に優雅に波打っている。病気だったことなど、人生で一日もなかったかのように。

でもナッシュは病気だった。ポピーを助けるために彼が病みあがりの体で無理をしたことを思い出して、ハーロウの胸はちくりと痛んだ。

どうしてもナッシュから目が離せない。彼の長く力強い脚が二人の距離を難なく詰めるさまに見とれずにいられない。彼はナ《N》ショナル・フ《F》ットボール・リ《L》ーグ随一の俊足と謳《うた》われている。だからただのジョギングでも、大きな歩幅でたちまち近づいてくる。

ハーロウはなんだか胃がざわつくのを感じた。胃薬をいっきのみして、このざわつきを静めたい。

ナッシュに魅力を感じたくない。

でも感じる。そう、彼はたまらなく魅力的なのだ。

あの目も、あの肩も、彼の体の魅力的なところは全部、吹き飛んでしまえばいいのに。

ナッシュは相変わらず私の心を強く揺さぶる。それは彼がたくましくてハンサムだからというだけでなく、二人の間に多くの思い出があり、かつて私が愛した善良で優しい少年を忘れられないからだ。

今のナッシュもほとんど変わっていないように見える。とはいえ四年間も音信不通だったし、例の投資の件がある。そして彼は反省の色すら見せない。

ハーロウは必要以上に力をこめて、熊手で地面を引っかいた。なぜナッシュは自分の牧場ではなく、ここでジョギングをするのだろう？　そもそも人に見られたくないなら、自分の家から出なければいいのに。外は寒くてじめじめしているし、彼はつい最近まで意識を失うほどの重病だったのよ！

ナッシュが手を上げて挨拶してきたが、ハーロウは挨拶を返さずに熊手で地面を引っかき続けた。

私たちはもう親友ではないわ。そう自分に言い聞かせてきたけれど、毎日彼を見舞い、話をして冗談を交わしていると、やはり友達のような気がする。

しかも私の息子の父親だ。ナッシュは友達以上の存在なのだ。たとえ本人は知らなくても。

打ち明けるべきだとしきりに促す心の声に、ハーロウは逆らった。だって黙っているほうが、みんなのためになるでしょう？

ナッシュにとってはキャリアが何よりも大切で、いつも回復して試合に戻ることばかり話している。そのために、ジョギングもランニングも古タイヤを並べた障害物コースを走る訓練もしている。

ナッシュは怠け者ではない。すぐに回復してフロリダへ戻るだろう。そこには、彼にとって一番大切なキャリアと高給と贅沢《ぜいたく》な生活と熱烈なファンが待っているのだ。マシスン一家のことなど、またしても忘れてしまうだろう。

デイヴィスだって、知り合ったとたんに父親が去っていくなんて残酷すぎる。いっそ知り合わないほうがましでしょう？

私の愚かな体の細胞一つ一つがナッシュを恋しがっているけれど、彼が私の家族を、特に幼い息子を傷つけることを許すつもりはない。

「おはよう」家畜小屋の柵を開けてナッシュが入ってきた。その声を聞き、大きな笑みと輝く茶色の瞳を見あげて、ハーロウの胸は思わずわくわくと弾んだ。彼はほとんど息切れもしていない。

「見るからに元気そうね」

「ガスはどうしてる？」

「本人に言わせると、無駄に過ごした人生も終わりに来て燃え尽きた気分だそうよ」

日焼けした肌に白い歯をきらめかせて、ナッシュは笑った。「その台詞《せりふ》は元気になってきた証拠だ」

今朝はひげをそっておらず、うっすら伸びた無精ひげがセクシーだ。彼はまだ干し草を食べている馬たちに歩み寄り、ドリフターの首筋を撫《な》でた。「僕の馬の面倒を見てくれてありがとう」

「どういたしまして。私を覚えていたみたい」

「馬は記憶力がいいからな」

私もよ。一方、あなたは自分の役に立つことしか覚えていないみたいね。「乗って帰る気なら、鞍《くら》は馬具置き場よ」

「それはあとだ。何か手伝わせてくれ。そのために来たんだ。君を手伝えば、いい運動になる」

「あなたの手伝いは必要ないわ」

「痛たた」非情な言葉が心に突き刺さったとばかりに、ナッシュはたくましい胸板に手を当てた。

相反する思いに揺れつつも、ハーロウはにやりと笑ってみせた。「かわいそうな坊や。痛い痛いとびーびー泣くなんて、甘えん坊の駄々《だだ》っ子ね」

ナッシュは上機嫌で、ハンサムな顔をほころばせた。「それでこそ僕の知ってる生意気なハーロウだ。さあ、何かやらせてくれ。前にも言っただろう。元気になりしだい君に手を貸すと」

ハーロウは熊手を柵に立てかけ、両手をポケットに突っこんだ。「なぜさっさとフロリダへ戻らないの？　向こうにはチームドクターがいて、リハビリ施設があって、肩も早く治せるでしょう？」

「僕を厄介払いしたいのか？」

「そうかもね」冗談だろうと彼は笑ったが、ハーロウは本気だった。「ナッシュ、ここにはあなたの求めるものは何もないわ。なぜ帰ってきたの？」

彼の端整な口元がこわばり、茶色の瞳が不安そうに陰った。ナッシュは片手を握りしめて腰に当て、彼女から目をそらして枯れた牧草地を眺めた。

痛いところを突いてしまったのかしら？

そうだとしても、彼の心配なんかしたくない。

「今は人生にいろいろと問題が起きていてね。一人になって、よく考える時間が必要だったんだ」

「肩の問題なら、よくなるわよ。チームはあなたをお払い箱にしたりしない。絶対に欠かせない最重要な存在ですもの」ハーロウはナッシュを励まさずにいられなかった。どうやら彼を元気づけることは私のDNAに組みこまれているらしい。

「いや、それ以外にも……私生活に関する問題が」

ああ、私生活ね。つまり、女性問題とか？

詳しく尋ねるつもりは毛頭ないけれど。

ハーロウはこみあげる失望をのみこんだ。

私はなんて愚かなの。いったい何度痛い目に遭えば懲りるのかしら。また熊手をつかみ、ハーロウは馬の落とし物をかき集め始めた。家畜は餌を与えると、肥料という贈り物を落としてくれるのだ。

大きな手が熊手を奪った。「ここは僕に任せて、暖かな屋内でコーヒーでも飲んで一休みしてくれ」

「今朝はそんなに寒くないわ」

ナッシュはかぶりを振って仕事を続けたが、ハーロウは気づいてしまった。彼は悪いほうの肩に負担がかからないよう慎重に体を動かしている。

「まだ痛むの？」ほら、また。心配しすぎよ。私はいつもみんなの悩みを解決しようとしてしまう。ただし自分自身の悩みは除いて。

「もう大したことはない。最初は耐えがたいほど痛かったが」

「どうしてそんな怪我《けが》をしたの？　たぶん試合中の出来事でしょうけど」

「やれやれ、がっかりだな。僕の試合を見てくれていないんだね。敵の不意打ちを食らって倒れたのさ。

反則のタックルを仕掛けられたんだ」

「誰かがあなたの肩にわざとぶつかったの？」ハーロウはいきり立ち、激怒した声できいた。

「そうは考えたくないが、汚いプレーをすることで有名なやつだ。懲罰で一試合出場停止になったよ」

「あなたのほうは何週間も、あるいは何カ月も欠場を余儀なくされるのに。不公平だわ！」その卑劣な選手をつかまえ、何か過激な仕返しをしてやりたい。

ナッシュは熊手を柵に立てかけた。「顔が怖いぞ。パメラ・シェイファーが全校生徒の半数が見ている前で僕を振って、ブレント・ラムジーと立ち去ったときと同じ顔だ」

「生徒会長のブレントとね。覚えているわ。すごく腹が立って、パメラの偽物のブロンドヘアを一本残らず引っこ抜いてやりたかった。彼女は性悪よ」

「まあ、本性がわかってよかった。チアリーダーのユニフォーム姿は魅力的だったんだけどな」

ハーロウが彼の左腕を叩《たた》くと、ナッシュはわざと痛そうにうめいて腕をさすった。

「君は叩く力が強い。女の子にしてはね」

そこで彼はにやりと笑い、ハーロウはまた叩こうとしたが逃げられ、二人は声をあげて笑った。

ナッシュと一緒に笑うのは気分がよかった。

子供のころよくしたように、ナッシュは彼女の肩に腕をまわした。「なあ、マシスン。コーヒーを一杯おごらせてくれ。そのあと仕事を手伝うよ」

ハーロウは体をこわばらせ、彼の温かくて心地よすぎる、懐かしすぎる腕から逃れた。ナッシュと打ち解けるのは愚かな行為だ。「言ったでしょう。あなたの手伝いは必要ない。さっさと帰って」彼女はまた熊手をつかみ、盾のように二人の間に置いた。

ナッシュは降参とばかりに両手を上げた。「それじゃあ、ちょっとガスに挨拶をしてくるよ。ガスは相変わらずチェッカーが好きかな？」

ええ、好きよ。ナッシュと私にボードゲームのチェッカーを教えてくれたのは祖父だ。退屈している今、ナッシュとの一戦を歓迎するだろう。だがハーロウは言葉を濁した。「さあ、どうかしら」

ナッシュは目を細め、彼女の本心を探るようにじっと顔を見つめた。「いちおう、きいてみるよ」

「ナッシュ」家へ向かおうとする彼に呼びかけたが、頭の中がごちゃごちゃで先が続かない。ナッシュには帰ってほしい。でも肩にまわされた腕は心地よかった。彼が好きだ。でも彼を恨んでいる。

恨みを抱くのは過ちだ。右の頬を打たれたら、左の頬も差し出しなさい。敵を愛し、親切にしなさい。そう諭すポピーの声が頭の中に響いた。

祖父はナッシュを自分の息子のように愛していた。そして今の祖父には話し相手が必要だ。デイヴィスとでは、チェッカーをしても勝負にならない。二回に一回はひ孫に勝たせてやるからなおさらだ。デイヴィスも時々負けたほうがためになる。人生では、欲しいものがすべて手に入るとは限らないと学べるから。

そう、それこそまさに人生の真実だ。

私は家族を、動物たちと牧場を愛し、多くの友人に恵まれている。楽しく教会に通い、神を愛し、もっと神を知って成長しようと努めている。

でも明らかに何かが足りない。

それが何かはわかっている。善良な男性に愛されるという望みは、とっくに捨てたけれども。デイヴィスが生まれてから三年の間に、三回デートした。ちょうど一年に一回だ。どれもまったくときめきのない、火花一つ散らないデートだった。

私がときめく相手はただ一人。今、目の前に立っている彼だけ。四年前も今も手の届かない存在だ。でも裏切り者の心は相変わらずときめいている。

ハーロウはハンサムなアスリートから我が家の裏

口へ目を移した。何も心配はないのでは？ ナッシュはすでにデイヴィスと会っているし、デイヴィスの父親については私の説明で納得している。

それとも問題は私自身なの？ ときめきや胃のざわつきを抑えられないことが心配なの？

ナッシュはパーカーのポケットに両手を入れて、静かにハーロウの言葉を待っている。温かな茶色の瞳が物問いたげだ。

とうとうハーロウは言った。「ポピーと一戦交える気なら、負ける覚悟でどうぞ」

ナッシュは一瞬ほほ笑み、裏口へ向かった。ハーロウは仕事に戻ったが、心臓は激しくとどろいていた。ナッシュがフロリダへ帰るまでなんとか生き延びられますように、と彼女は祈った。

ナッシュはチェッカー盤を眺め、次の一手を考えた。コーヒーカップは脇に置いたままだ。ぜひ一杯とガスに勧められたが、まだ胃が受けつけない。

リクライニングチェアの上で体を起こしたガスは、顔色もよく元気いっぱいだ。うれしそうに両手をこすり合わせ、ナッシュの駒を飛び越えて取っていく。

ナッシュは上唇を親指と人さし指でつまみ、一心不乱に考え続けた。

「あきらめたほうがいいぞ、坊主。おまえはもうおしまいだ」ガスが楽しげに言った。

「せかさないで、ちょっと考えさせてください」ナッシュはガスの駒を一個取った。

だがガスはナッシュの駒をさらに二個取り、声高に笑った。ナッシュはかぶりを振って笑みを浮かべた。友人とチェッカーのような単純なゲームをするのは気晴らしになる。ハーロウとの奇妙な会話のあとでは、頭をすっきりさせる必要があった。

ハーロウの態度はころころ変わるのだ。僕を憎んでいるのかと思うと、次の瞬間には友達に戻る。もっとも、彼女はもはや単なる旧友ではない。それ以上の存在だ。いや、昔も友達以上だったのかもしれない。フットボールに夢中だった僕が、その兆候に気づかなかっただけで。

だが現在陥っている人生の窮地を考えると、今は隣人と恋に落ちるには時期が悪い。

ナッシュはチェッカー盤に注意を戻した。ガスの言うとおり、僕はもうおしまいだ。何をしてもこの一戦には勝てない。ナッシュは勝負をあきらめて、残りの駒を適当に動かした。

同じ居間の床で、ハーロウの息子が一人で遊んでいた。口で車のエンジン音をまねながら、絨毯《じゅうたん》に並べたミニカーを楽しそうに動かしている。時折二台のミニカーを勢いよくぶつけ、衝突音が響き渡る。そのたびに、近くに寝そべったコリーが頭を上げ、子供は大丈夫かと確かめる。ほほ笑ましい光景に、ナッシュとガスは目を見交わして笑った。すると男の子も大人たちを見あげてにっこりする。本当に愛らしい子供だ。そして犬も実に忠実で優しい。

松葉杖《まつばづえ》をついたモンローが、一、二度居間を通り過ぎ、ナッシュとガスを見て顔をしかめた。顔の大半は長く豊かな髪に覆われているものの、彼女は今も美しい。ただ、本人はやけどの跡をひどく気にしているようだ。モンローは、二階でレゴで遊ぼうとデイヴィスを誘ったが、僕は男同士でいたいんだと断わられていた。

チェッカーの勝負がつき、ガスはリクライニングチェアにもたれた。「昼寝の時間だ。ちょっとチェッカーをやっただけでへとへとだよ」

「よくわかります」

ガスは鼻を鳴らした。「〝同病相憐《あいあわ》れむ〟か。だがおまえはもう元気そうじゃないか」

「おかげさまで、ほぼ回復しました」

「あとどれくらい、ここにいるつもりだ？」

「まだ決めてません。フロリダへ戻る前に考えたいことがあって。それに少しだけでもこちらを手伝いたい。恩返しです。ところがハーロウは僕の手伝いに断固反対らしく、何もさせてくれない」

不意にガスの表情が変わった。何か言おうとして自制したような妙な顔つきだ。「わしにこう言われたことはハーロウには言わんでほしい。だがあの子はひどく愚かな強情を張ることがある。だからどんなに怒って大騒ぎしようと、かまわずに手伝ってくれたらありがたい。あの子は働きすぎだ。もっとも、そうさせているのは、二本脚のクモ並みに役立たずのわしとモンローなのだが」

「ガス、仕方ないですよ。僕だって、腹にワニがいたときは何もできなかった。ハーロウが働きすぎなのは気づいていましたが」それもまた、二度と牧場で働きたくない理由の一つだ。牧場の仕事には終わりがない。牧場経営者は、酷暑の日も大雨の日も昼夜を問わず、家畜の出産や病気や事故や逃走に対処しなければならないのだ。

「ハーロウは実によくできた子だ。自分がみんなの面倒を見て、すべての問題を解決しなきゃならんと思いこんでおる。そしてこの世の重荷を全部、自分の肩に背負いこんでしまう」

「やはり幼くして両親を失ったせいですかね」

「両親の死後、こんなおいぼれと住むことになったせいもある。悲しみに沈む三人の幼い女の子を前に、わしは途方に暮れた。ハーロウはまだ十二歳だったが、モンローとテイラーの母親代わりを務め、さらに独学で料理を学び、毎朝早起きして学校へ行く前に妹たちとわしの朝食を作ってくれたよ」

「昔、ハーロウが言っていました。自分たちがあまり迷惑をかけたら追い出されるんじゃないかと不安だったから、妹たちの世話をしてあなたを楽にしようと頑張っていたと」

「なんてこった。そいつは知らなかった。おまえがあの子の話し相手になってくれてよかったよ」ガスの顔をまた妙な表情がよぎった。眉根を寄せて白い口ひげを撫で、彼は続けた。「おまえたち二人は、いつもべったりくっついとっただろう。馬や牛にまとわりつくアブみたいにな。わしは思ったもんだ。二人がいつか……とにかく、あのころのハーロウはおまえを大いに高く買っていた」

今は違うとガスは言いたいのだろうか？　僕の責任だ。この四年間、愚かなことばかりしてきた僕の。

「ガス、少し眠ってください」気まずい話題から離れたくて、ナッシュは言った。「ただし、また今度もう一勝負してもらいますよ」

「まだ懲りんのか？」ガスは高笑いした。

デイヴィスがいきなり立ちあがった。「僕がやる。僕とそうぶしてくれる？」

ガスが一つうなずいた。「ナッシュ、こいつと遊んでやってくれ」

期待に輝く愛らしい顔を見て、ナッシュはきいた。「チェッカーがしたいのかい？」

三歳児は力強くうなずいた。ナッシュは友人やチームメイトの子供以外、幼児と長時間過ごしたことがない。だが子供病院の慰問なら経験豊富だ。そしてハーロウの子供は、彼にとって特別な存在だ。

「それじゃあ、ここへ座ってくれ。チェッカーは久しぶりなんだ。ポピーみたいに、僕をこてんぱんにやっつけないと約束してくれるかな？」

デイヴィスはかわいい声でくすくす笑った。ハーロウそっくりのはしばみ色の瞳が楽しげにきらめき、左目の下、頬骨のあたりに片えくぼが浮かんだ。

ナッシュははっとして顔をしかめた。

あれには見覚えがある。

よく見慣れたえくぼだ。

いや、たまたま僕の母と同じ場所にえくぼができるだけで、血のつながりがあることにはならない。デイヴィスの父親が誰かは、すでにハーロウが話してくれたじゃないか。

とはいえ、ナッシュは相変わらずその問題で頭を悩ませていた。

ガスはリクライニングチェアの背を倒し、目を閉じた。口ひげの下には笑みが浮かんでいる。デイヴィスは曾祖父《そうそふ》をちらっと見て、小さな指を唇に当てた。「静かにしなきゃだめだよ。ポピーは怪我してるんだ。よくなりますようにって、神様にお願いしたの」

幼い子供の思いやり深い仕草に胸を締めつけられて、ナッシュはうなずいた。

ハーロウとこの子を手放すとは、デイヴィスの父親は大ばか者だ。

それが僕でなければいいが、とナッシュは思った。

# 10

ハーロウは裏口でブーツとパーカーを脱ぎ、キッチンのシンクで手を洗った。水道管はごぼごぼと音をたててから少量の水を吐き出した。状況は刻々と悪化している。

洗濯室から洗剤の香りが漂ってきた。洗濯機がまわる音も聞こえる。

ハーロウは頭をのけぞらせてうめいた。

今日は洗濯をしないでくれとモンローに頼むのを忘れていた。松葉杖《まつばづえ》をついていても、妹はできるだけ役に立とうと必死なのだ。

水道管の問題が解決するまで洗濯は待てる。一方、水道管の修理は待ったなしの急務だ。

今日、修理業者に予約の電話を入れなくては。

そして業者が来れば出張費の支払いを求められる。水の出が悪いせいで洗濯機は妙な音をたてている。

ハーロウはきつく目を閉じて祈った。

「神よ、しなければならないことをする勇気をお与えください」

それをすることは容易ではない。だが容易にできることなどほとんどないのだ。母として、姉として、孫として、家族のためにすべきことをしなくては。

ハーロウが手を拭きながら近くの町までモンローのジープで行こうと考えていると、ナッシュの深みのある男らしい声が聞こえてきた。続いてデイヴィスの子供らしい、かわいい声が聞こえる。

ハーロウは少し開いたキッチンのドアの隙間から居間をのぞいた。目に映った光景は、おかしな話だが、まさにこうあるべき家族の姿に見えた。

ポピーはリクライニングチェアにもたれて眠っている。

ナッシュとデイヴィスはコーヒーテーブルを挟んでチェッカーをしていた。大柄なアスリートと小さな男の子。父親と息子だ。

ハーロウの胸は切なさに締めつけられた。

「君の勝ちみたいだな。ほら、そこのます目が二箇所空いている。見えるかい？」ナッシュは人さし指を動かし、デイヴィスがどこに駒を進めればナッシュの駒を取れるかを大まかに示した。

デイヴィスは小さな顔をしかめ、市松模様の盤をじっと見つめて考えている。ハーロウも思わず一緒に盤を見つめた。ナッシュは彼の息子が――私たち二人の息子が――自分で次の一手を考えつけるよう、辛抱強く教えているのだ。

「ここところ？」デイヴィスはます目を指さしてナッシュを見あげた。

「そのとおり。よくわかったな」

デイヴィスは目を輝かせ、歯の間から舌先をのぞかせてナッシュの駒二個を続けて飛び越えると、その二個を一度に取った。

「ああ、なんてこった。負けちまった!」ナッシュは大げさにうめいてみせた。

「もう一回やる?」デイヴィスが満面の笑みを浮かべてきいた。

ハーロウは居間へ足を踏み入れた。「また今度ね、デイヴィス。お昼寝の時間よ」それからナッシュに向き直った。「ポピーはこの子の昼寝を忘れがちなの。たぶんわざとね。でも昼寝をしないと、ちっちゃなカウボーイさんは夜寝る前にぐずりだすのよ」

楽しそうだったデイヴィスの顔が不機嫌にゆがんだ。「お昼寝はしたくない」

「はい、僕はします」教室で先生に答える生徒のようにナッシュが手を上げた。「いいかい、相棒。昼寝はすごいぞ。昼寝をすると大きくなれるんだ」

「おじさんみたいに?」デイヴィスは目を丸くした。

「さあ、二階へ上がって」ハーロウは息子の手を引き、階段の下まで連れていった。それから抱きしめてキスをすると、渋々階段をのぼる後ろ姿を見守った。デイヴィスの脚は、まだ父親のように長くなる気配はない。でもたぶんそうなるのだろう。

ナッシュも中学校の後半までは背が高くなかった。ところがその後急激に成長し、一晩で全校一の長身になったと言っても過言ではない。

実の父親と触れ合う息子を見て、これまで無視してきた厄介な問題に向き合うしかなくなった。

いつかデイヴィスは成長し、あれこれ尋ね始める。父親のことをきかれたら、なんと答えればいいの?

渋々階段をのぼるデイヴィスを見守るハーロウの顔には、ナッシュのよく知っている表情が浮かんでいた。眉間にしわを寄せて下唇の端を噛《か》むのは、何かを心配している表情だ。きっと息子のことで何か不安があるのだ。そう考えると、自分自身の頭の片隅から消えない問題がまたよみがえった。デイヴィスの父親は、いったい誰なんだ？

あの子は三歳を過ぎたくらいだろう。僕が故郷を離れて四年。タイミングはぴったりだ。そしてデイヴィスは左の頬骨の上にえくぼがある。僕の母とちょうど同じ位置に。しかもあの子の頭には、僕とちょうど同じ位置に癖毛が逆立っている。僕は物心ついてからずっと、その撫《な》でつけられない癖毛に悩んできた。だから髪はいつも短く切っている。

ナッシュはごくりとつばをのんだ。もし自分がデイヴィスの父親なら、知っておきたい。

だがハーロウは違うと明言した。

本当に明言していただろうか？

チェッカーの駒を時間をかけて箱にしまいながら、ナッシュはじっくり思い返してみた。

ハーロウは正確にはなんと言った？　その男とはごく短い期間つき合い、男は去っていった、と。ナッシュは愕然《がくぜん》とした。つまり、僕が父親である可能性も排除できないわけだ。彼は咳払《せきばら》いして、背後から呼びかけた。「ハーロウ？」

彼女は驚いて振り向いた。「あら、あなたがいることを忘れていたわ」

「いいや、忘れてなんかいなかったはずだ」

ハーロウは鋭く目を細めた。「はい、はい。そのとおりね。あなたは忘れがたい人ですもの」

彼女はまた身構えて、昔のような明るい冗談ではなく、嫌味な皮肉を言っている。こんな失礼な態度をとるのは、四年間連絡しなかった僕への怒り以上の理由があるからじゃないのか？

「ハーロウ、ききたいことがある」

彼女は目に警戒の色を浮かべてチェッカーの箱に手を伸ばした。「これを片づけないと」

ナッシュはその手に自分の手を重ね、そわそわと立ち去ろうとする彼女を止めた。「ハーロウ」はしばみ色の瞳が彼を見た。「なんなの?」リクライニングチェアに横たわったガスが身じろぎして、ぶつぶつと寝言を言った。

ガスの前でする話ではない。どこかほかの場所で、また改めて、よく考えてから尋ねよう。

だがもし僕の息子だと言われたら、どうするつもりだ? 軽率な行動はろくな結果を生まない。ナッシュは喉まで出かかった問いを押し戻し、別のことを尋ねた。「君のパソコンを借りてもいいかい?」

財政問題もまた頭を離れない悩みの種だ。自分の勘違いではなく、預金も株も本当に消えたのか、もう一度確かめる必要がある。

きかれると思ったことと違って戸惑うように、ハーロウは何度もまばたきした。「携帯電話を置いてきたことを後悔しているの?」

「いいや、それほどでもない」

牧場のパソコンは古いが頼りになる卓上型で、居間の隅の小テーブルに鎮座していた。

「正直に認めなさい。あなたのSNSに届くファンからの〝いいね〟が恋しいんでしょう?」ハーロウは楽しそうにからかうような口調で言った。

「ああ、恋しくてたまらないよ。ファンあっての僕だからね」ナッシュはわざと軽口を返した。嫌味な皮肉屋の彼女に戻ってほしくなかったからだ。

軽口は功を奏したらしい。ハーロウはくすくす笑ってパソコンを立ちあげた。

彼女には普通の男として見てほしい。スーパースターとしてちやほやしてほしいわけではない。最初のうちは見知らぬ人々の注目を集めることが楽しかったが、最近ではむしろ気づまりに感じる。

「この辺ではインターネットは遅いわよ」初期画面が表示されると、ハーロウが背後から言った。

「そうだったな」ナッシュは自分のメールアカウントにログインした。受信トレイにはエージェントや友人やコーチからのメールが何十通も届いていた。内容は一人で読みたい。特にエージェントからのメールは他人の目に触れさせたくない。彼は画面を最小化してハーロウを振り返った。

「失礼。のぞき見する気なんかないけど」ハーロウの顔から親しげな笑みが消え、彼女は後ずさった。

「もちろんわかっているさ。ただ、その……資産とか……」銀行の取引明細をチェックするところを見られて、僕の絶望的な状況を知られたくない。

「ご心配なく。もうお邪魔しないわ。私にはもっと大切な用事があるし」ハーロウは冷たい表情できびすを返すと、二階へ駆けあがった。五分後、小さなバッグを肩にかけて下りてきた彼女は、ナッシュに何か言う暇も与えず、玄関から出ていった。

ナッシュはハーロウを怒らせてしまい、しかも事情を説明することすらできなかった。

ハーロウはサンダウン・ヴァレーよりも大きい近所の町センターヴィルへジープを乗り入れた。

先ほどのナッシュとの会話で、まだ猛烈に腹が立っている。彼の〝資産〟という言葉が毒矢のように胸に突き刺さった。ナッシュは相変わらず金持ちなのだ。マシスン家は、彼のせいで極貧状態に陥っているというのに。

今日センターヴィルへ来たのもお金がないからだ。

ナッシュは、かつて私が愛した親切で善良な人のままに見えるのに、なぜ二人の間に立ちはだかる大きな問題を無視するの？

「神よ、私は腹を立てたくありません。昔のようにナッシュと気軽な友達になりたいのです」ハーロウは運転しながら神に祈ったが、口をつぐんで肩を落とした。いいえ、本当はそれ以上の関係になることを望んでいる。でも、それを恐れてもいる。デイヴィスが彼の息子だと打ち明けるのが怖い。ナッシュにまた心を傷つけられそうで怖い。彼に勧められた投資話で大金を失った恨みを本人にぶつけてしまいそうで怖い。そして、すでに失った以上の何かを失うことになりそうで怖い。

不安はいくらでもある。自分は物心がついてからずっと不安を抱えてきたのでは、と思うほどだ。借金を返せなくなることも、牧場を失うことも怖い。そして今、また新たな不安に直面している。

ハーロウはセンターヴィルのショッピングセンターの駐車場にジープを止め、エンジンを切った。

本当にこれをしたいの？

はたして私にできるのかしら？

ハンドバッグから小さな宝石箱を取り出し、ふたを開けると、涙がこみあげて鼻の奥がつんとした。

「ママ」ハーロウはささやき、美しい婚約指輪と結婚指輪をそっと撫でた。

選択肢は二つで、結局は指輪をあきらめるほうを選んだ。もう一方の選択肢はバーだが、馬は毎日一緒に働いてくれる牧場に必要な存在だ。指輪は引き出しにしまわれ、誰の役にも立たない不用品だ。

かつては花嫁としてその指輪を身につける日を夢見たが、そんな夢はとっくに消えた。甘ったるい感傷より現実のほうが大事だ。

「ママ、ごめんなさい」ハーロウはつぶやいた。

それから意を決して肩をいからせ、ジープを降りて宝石店へ入っていった。

ナッシュはパソコンの画面を見つめた。最も恐れていたことが現実になってしまったのだ。文なしどころか、僕は完全に破滅だ。

ガスを起こさないよう、うめき声をこらえて、ナッシュは次にどうすべきか考えた。もちろんハーロウと話してデイヴィスが僕の息子かどうか確かめる必要がある。今ここにいる以上、それが最優先事項だ。とはいえ、危機的な財政状況にも対処しなければならず、その問題を解決するには至急フロリダへ戻るしかない。

傷ついた僕はまるで子供のようにフロリダから逃げ出し、故郷の牧場で傷を癒そうとした。ところが帰省してみれば、自分が想像以上の問題を抱えているとわかった。

ハーロウはまたも僕に激怒している。警戒心むき出しの彼女とデイヴィスのことを話すのは容易ではないだろう。

外でジープの騒々しいエンジン音がした。ハーロウが外出先から戻ってきたようだ。

彼女はまだ怒っているだろうか？

ナッシュはパソコンから自分の検索履歴を消した。ハーロウが詮索するとは思わないが、安全第一だ。

すでに十分恥をかいており、男にはプライドがある。

ナッシュはハーロウを待ったが、ジープのドアが閉まる音がして数分経《た》っても、彼女は家に入ってこなかった。何かあったのかと様子を見に外へ出ると、家畜小屋へ向かうハーロウの姿が見えた。うつむいて肩を落としている。

いったいどうしたのだろう？

心配で眉をひそめ、ナッシュはあとを追った。いずれにしろ家畜小屋は二人きりで話すのに最適だ。

彼は小屋に入り、薄暗がりでまばたきした。ハーロウの姿はどこにも見えない。

そのとき、広い小屋の奥からナッシュの心を締めつける音が聞こえた。

ハーロウが、強く気丈なカウガールが泣いていた。

# 11

「ハーロウ？　どこだい？　大丈夫か？」

心配そうなナッシュの声を聞いて、ハーロウは馬房のドアに背を向け、口に手を当てた。涙が手の甲を流れ落ち、止めようにも止まらない。しゃくりあげ、つばをのみ、彼女はすすり泣きを抑えこもうとした。こんな惨めな姿を誰にも見られたくない。特にナッシュには。

不意に力強い両手がハーロウの肩をつかんだ。ゆっくりと優しく、ナッシュは彼女を向き直らせ、胸に抱き寄せた。

あらがうべきだったかもしれない。でも、できなかった。そうしたくなかった。人生の大半をハーロウはナッシュの肩で泣いてきたし、ナッシュがつらいときは肩を貸してきた。二人には長い歴史がある。今、彼にもたれるのは自然の成り行きだった。

ハーロウはすすり泣きながらナッシュのフリースのパーカーに顔をうずめた。彼は新鮮な外気とガスのコーヒーの香りがした。力強い腕は、嵐に吹き飛ばされそうな彼女をつなぎとめるいかりだった。

ナッシュは決して信用してはいけない相手だが、この瞬間だけ、ハーロウは彼を信じた。

「泣いて楽になるなら、いくらでも泣けばいい。ここにいるのは僕だけだから」ナッシュがささやいた。

ナッシュだけ。私が愛した人だけ。ずっと彼にいてほしかった。そして今日、彼はここにいる。それがありがたくて、心が安らいだ。

ナッシュも安らぎを求めるように腕に抱いた彼女をそっと揺らし、深いため息をついた。ハーロウは彼のパーカーをつかんだ。そして売った指輪と消えた夢、四年間隠し続けた秘密とナッシュが人生に残した空洞を思い、さらに激しく泣きじゃくった。

ナッシュはしばらくハーロウの背中をなだめるようにさすったあと、長い髪を撫《な》でながら、よく聞き取れないほど低い声で慰めの言葉をつぶやいた。

ハーロウはただ彼の大きな力強い手と優しい声の響きに身を任せ、時間も、ここがどこかも忘れた。ただ心地よい彼の腕の中にいつまでもいたかった。

だが義務感と分別が頭をもたげた。私には家族への責任がある。戻ってきたジープの音を聞いた家族は、私はどうしたのかと心配しているだろう。様子を見に来た誰かに、ナッシュの腕の中で泣いているところを見つかったら困る。

ハーロウはゆっくりとナッシュから身を引き、服の袖で涙を拭いた。頬がほてり、体が震える。さぞみっともない姿だろう。「ごめんなさ――」

「いや、謝らなくていい。何があった？　誰かに何かされたなら、僕がそいつをぶちのめしてやる」

猛然と言われて、ハーロウはかすかにほほ笑んだ。ナッシュの優しさに触れて心がふんわり温かくなり、魂の傷が癒えた。「誰のせいでもないわ。自分でしたことなの」正確には違うが、似たようなものだ。

「怪我《けが》をしたのか？」ナッシュは心配そうに額にしわを寄せている。

「傷ついたのは心だけよ」ハーロウは彼の探るような視線から目をそらした。ひたと見つめられたら、知られたくないことまで見抜かれてしまいそうだ。

「何があったのか教えてくれ」ナッシュは彼女の顔を両手で挟み、無理やり目と目を合わせた。

とたんに二人の間を熱い何かが行き交い、ナッシュがぽかんと口を開けた。

彼が顔を寄せてきたので、ハーロウは一瞬、キスされると思った。もちろんばかげた妄想だ。

ナッシュはただ親指で彼女の涙をぬぐい、顔をまじまじと見た。ハーロウは足の下の地面がぐらりと傾くのを感じた。

ナッシュもこの衝撃を感じているかしら？　あるいはこれは、彼の思いがけない優しさに触れて私の想像力が暴走しているだけなの？　長年、誰にも頼らずに生きてきた。そして今、私がナッシュを必要とするタイミングで本人が目の前に現れた。

ナッシュのせいで悲痛な思いをしたのに、私はかつての善良な少年を忘れられずにいる。

まだ涙目で鼻をすすっていたが、ハーロウはいくらか落ち着きを取り戻した。

「何があったんだ？」ナッシュがまた尋ねた。

ハーロウの口から言葉が次々にこぼれ出た。借金問題。水道管の修理費用。そして指輪の売却まで。あとになれば、話したことをきっと後悔するだろう。でも今この瞬間は、頼る肩が必要だ。そしてナッシュの肩は広くて頑丈で頼りがいがある。

ハーロウの心は激しく揺れ動き、ナッシュを憎んだかと思えば、次の瞬間には求めていた。

まだ彼を愛している。彼が目の前にいて、私を案じて優しく尋ねてくれたら、答えずにいられない。

「お母さんの結婚指輪を？」ナッシュは彼女の両手を取った。「例のアンティークのセットかい？　そこまで金に困っているのか？」

ハーロウはうなずいた。

「気の毒に。できることなら僕が――」ナッシュは苛立《いらだ》たしげに息を吐いて再び彼女を抱き寄せた。

ハーロウは黙って抱かれたまま、彼はできれば何をしたいのだろうと考えた。

ナッシュは彼女の頭を自分の胸に押しあて、髪にキスをした。たぶん慰めのキスね。いかにもナッシュらしいわ。こんな近くに二人きりでいると、いっそう彼が恋しくなる。彼は私が愛した、優しくて思いやり深い昔のナッシュそのものだから。

普段は家畜小屋で一人で祈って泣けば心が慰められた。でも今日はここに隠れても、ナッシュを思う気持ちから逃れられなかった。

「一つきいてもいいかい？」静かな空間に深々とした声が響いた。このまま彼の腕の中にいたいが、それは賢明ではない。ハーロウは少し身を引いた。

「何かしら？」

「帰郷してから僕はずっと哀れな病人で、ずっと君の世話になった。その間、君の態度はころころ変わった。僕の親友だったかと思うと、次の瞬間にはアイスピックで僕の胸を突き刺したそうに見えた」

自分の奇妙な態度をどう説明すればいいのか、ハーロウは迷った。そして結局、質問に質問で応えて逃げることにした。「それで、何がききたいの？」

ナッシュは口元をほころばせた。「相変わらず生意気だな。ハーロウ、君が恋しかったよ」

信じられないとばかりにわざと鼻を鳴らして、ハーロウはナッシュから目をそらした。見つめ合っていたら彼に魅了されて、また後悔するようなことを言ってしまいそうだ。

ナッシュは彼女の両腕を軽くつかんだ。「長い間連絡しなくて本当にすまなかった」

「ええ、連絡がなくて残念だったわ」愛していたのに、なぜ電話をくれなかったの？　なぜ帰ってこなかったの？　なぜ私を愛せなかったの？

狭い馬房の中で身じろぎして、ナッシュはまた無理やり目と目を合わせた。彼の瞳にはハーロウの理解できない何かが宿っている。でもその柔らかな視線を浴びて、ハーロウの脈は速まった。

ああ、私はなんて愚かなのかしら。

ナッシュが何か言いかけたが、気が変わったらしく一歩下がった。「君は休んだり、何か楽しんだりしたことがあるのかい？」

「私だって楽しんでるわ」

「それはいつの話だ？」

ハーロウは答えに詰まった。最後に心から楽しんだのは去年のクリスマス、プレゼントを開けるデイヴィスを見守っていたときだ。「念のために言うと、私は牧場を経営し、子育てもしてるの。しかも家族のうち二人が杖《つえ》をついている。何かと忙しいのよ」

「ああ、君は忙しい。だから今夜は、うちでディナーをごちそうさせてくれ」

「なんですって？」

「聞こえただろう。君と僕。ステーキを二枚焼いて、のんびりくつろごう」

「あなたの家にステーキ肉なんてないじゃない」

「君が町へ行って買ってきてくれれば、ある」ナッシュはにっこり笑った。その少年のような魅惑の笑みを向けられたら、笑みを返さずにいられない。

「あと、パックのサラダとロールパンも頼むよ」

ハーロウは思わず笑い声をあげた。数分前には大泣きしていたのに、もう笑っている。ナッシュには不思議な力があり、私を猛烈に怒らせることも有頂天にすることもできるのだ。「言い換えれば、私がディナーを持ってあなたの家に行くということね」

「調理は僕がする。材料費も払う。君はくつろぐだけだ。それくらいの金は、たぶんまだあると思う」

彼は本気で金の心配をしているような声で言った。

「手元にあまり現金がないということ？」

「ああ。現金は持ち歩かないんだ」

そして私が彼のクレジットカードを使うわけにはいかない。ナッシュ・コービンが戻ってきたと町中に知らせることになる。ハーロウは目の前の見事な胸板を人さし指で叩《たた》いた。「だったら子供のころによくしたみたいに、ソファのクッションの下を探って小銭を見つけることね。あなたがディナーの代金を払うんだもの」

無精ひげがうっすら伸びた顔に笑みをひらめかせ、

ナッシュは彼女を軽く抱き寄せた。それは優しく温かな親しみのこもった抱擁だった。

ハーロウはほっと長い息をついて、彼を抱きしめ返した。ナッシュは幼なじみの隣人で、頼れる友人で、二人の間には楽しい思い出がたくさんあるのだ。

寒い家畜小屋でたくましい腕に抱かれ、力強い鼓動を聞きながら、ハーロウは悟った。ナッシュ・コービンから私の心を守るにはもう手遅れだと。


その日の午後、ハーロウはまたジープを運転してサンダウン・ヴァレーへ買い物に行った。グミを一袋買ってもらおうとデイヴィスもついてきた。

カイアミシ山脈の懐に抱かれたサンダウン・ヴァレーは、小さな田舎町の例にもれず、住民は皆知り合いで仲がいい。マシスン一家は町外れに住んでいるが、町や教会の行事には参加していた。

ジープは大通りの〈ビー・スイート・ベーカリー〉に近づいた。十代のころ、お気に入りのたまり場だった店は、ケーキやスイートロール、パイも売っている。ナッシュはパイが好きだ。

それを思い出してハーロウは車を止め、デイヴィスを連れて店に入った。今夜のディナーのデザートを買おう。めったにしない贅沢《ぜいたく》だが、金持ちのナッシュが払ってくれる。ついでにポピーにシナモンロール、モンローにはペストリー、デイヴィスにカップケーキを買った。

店主が会計をしながら、モンローの脚やポピーの怪我の具合を尋ねてきた。ミズ・ビーは、町の出来事すべてを把握しているのだ。そして片目をつぶると、シナモンロールをもう一個袋に入れた。「これはお返しだとガスに伝えてね」

ハーロウは首をかしげた。「なんのお返し？」

ミズ・ビーは笑った。「ガスにはわかるわ。もし彼がよければ、日曜日に教会の礼拝のあと、お見舞いに行くと伝えてちょうだい」

ポピーには女性ファンがいたの？　ハーロウはうれしくなった。ビー・カニンガムと祖父は同じ聖書勉強会の仲間で、毎週会っているのだ。

ハーロウは次にスーパーマーケットへ向かった。ナッシュに買い物を頼まれたおかげで、売った指輪のことをくよくよ考える暇がなくなった。すんだことはすんだこと。顔を上げて前へ進もう。

変えられるものは変え、変えられないものは受け入れる。賢人の知恵だわ、とハーロウは思った。ただ、変えられるか変えられないかを見極めるのが難しい。私はそこで迷ってしまう。結局、デイヴィスとナッシュの問題は頭から消えなかった。

デイヴィスをカートに乗せてナッシュの注文の品を買いまわっていたとき、通路の端を曲がってきたカートと衝突しかけた。やせた長身のカウボーイが笑いながら帽子のつばに手を当てて挨拶した。

ウェイド・トルードーだ。彼はこの辺では最大規模の牧場を経営している。

「ハーロウ、元気かい？」ウェイドはデイヴィスの手の甲を軽く叩いた。「やあ、デイヴィス」

「ウェイド、今日は一人なの？」長年三つ子のシングルファーザーだった彼は、最近タルサから来た心優しい元教師の女性と結婚したばかりだ。

「すばらしい妻と大家族のために、今日は僕が買い物係なんだ」ウェイドは妻が書いたらしい手書きの買い物リストを掲げてみせた。「モンローの脚はまだ治らないのかい？」

「ええ、まだ松葉杖《まつばづえ》よ。今やポピーまで仲間に加わったわ」ハーロウは事故の話をした。「トラクターはいまだに牧草地で横倒しになってるの」

「ボウイと僕で起こしてあげよう」

「お願いするのは心苦しいわ」

「全然かまわないさ。任せてくれ」

これもまた小さな町に住む恩恵の一つだ。ウェイドの親切な申し出のおかげで、ハーロウの気分は上向いた。心配事のリストが少し短くなった。

買い物を終え、ハーロウは家へ帰った。デイヴィスのシートベルトを外してベーカリーの小さな袋を渡し、残りの買い物袋をジープから下ろし始めたとき、ナッシュの大きな体がぬっと現れて彼女の手から袋を取りあげた。

「ちょうどいいときに帰ってきたな」

「ちょうどいいときって？　まだディナーの時間じゃないわよ。そもそも、なぜまだここにいるの？」

彼は意味ありげに眉を上下させた。「来てくれ。いいものを見せてあげよう」

ハーロウは好奇心に駆られて、ナッシュのあとから家へ入った。ナッシュは買い物袋をキッチンに置くと、ガスと共犯者めいた視線を交わしてから彼女をまた外へ連れ出した。

「どういうこと？」ナッシュの秘密めかした態度を見て、ハーロウはくすくす笑った。

「おまえならできるって、ガスに言われたんだ」

「なんだか十歳児みたいなしゃべり方ね」

「子供のころ、うちの庭に父が吊《つ》るしてくれたタイヤのブランコで遊んだのを覚えているかい？」

「もちろん。あなたは私が目がまわって降参するまでしつこくタイヤを回転させたわ」

「まさか。タイヤを回転させたのは君だ。哀れな僕が吐きそうになるまで降ろしてくれなかった」

「確かに。あなたは弱虫だったものね」ハーロウはからかった。ナッシュは決して弱虫ではなかったが。

「さあ、目を閉じて」ナッシュは彼女の手を取った。

「大丈夫。僕を信じて。絶対に間違った方向に導いたりしないから」

それは真っ赤な嘘《うそ》だわ。ハーロウは後ずさりそうになったが、何か楽しい計画でわくわくしているナッシュはたまらなく魅力的だ。だから目を閉じて彼のエスコートに身をゆだねた。かつての私は彼を信じ、自分の世界のすべてを彼にゆだねていたのだ。

ハーロウが転ばないように、ナッシュは筋骨たくましい腕を彼女のウエストにまわした。「ほら、右へ曲がって。止まって。目を開けてごらん」

目を開けたとたん、心をわしづかみにされて視界が涙でぼやけた。

家の南側にあるプラタナスの巨木にトラックの古タイヤのブランコが吊るされている。子供のころ、二人が遊んだブランコとそっくりだ。

彼はなぜこんなことを？　親切心から？　過去の過ちを少しでも償うため？　あるいはディナーの誘いと同じく、指輪を売って悲しむ私を慰めるため？

こんなに優しい人を好きにならずにいられる？

デイヴィスはブランコが気に入るだろう。私はブランコも、それを作ってくれた人の気持ちも愛《いと》しくてたまらない。こうしてナッシュは私の心をもう一度引き裂くのだ。

「気に入った？　デイヴィスも気に入るかな？」彼は十歳児のように勢いこんでたたみかけた。

「完璧よ。あの子にブランコを買ってやりたかったけれど――」大型の遊具を買う金などなかったのだ。でもそれは言わずにおいた。

そして思わず彼のウエストに両腕をまわして抱きしめた。「どうもありがとう」

ナッシュに抱き返されて、ハーロウの耳は彼のパーカーの胸に押しつけられた。

今日二度目だわ。それとも三度目？　彼にぴったり身を寄せる心地よさが癖になりそうだ。

ナッシュに抱きしめられたり、私と息子にすてきな何かをしてもらったりするのも。

ナッシュは自分の息子のためとは知らずにブランコを作ったのだ。

そう考えると目頭が熱くなり、彼にデイヴィスのことを打ち明けなくてはという思いがこみあげた。

でも、打ち明けたあと何が起きるか不安だ。

ナッシュは身じろぎしたが、離れるどころかさらに体を寄せて、ハーロウの髪に顎をのせた。

「気に入ってくれたんだ」彼は満足げにささやいた。

なぜささやき声なの？　まわりには犬のオリー以外誰もいないのに。「ええ、とても気に入ったわ。それに……」〝あなたのこともとても気に入っている〟もう少しでそう言いそうになった。

「よかった。君を楽しませたかったんだ。また笑顔が見たい。泣き顔は見たくないよ。君は働きすぎだし、心配しすぎだ」

たぶん二人の抱擁は長引きすぎていた。だがハーロウは彼の腕の中で、昔のように大切にされていると、ここなら安心だと感じて離れたくなかった。

ナッシュも名残惜しそうにのろのろと身を引いて、彼女を見おろした。「ブランコを試してみるかい？まず君を乗せたい。それからデイヴィスだ」

「あの子はきっと大喜びするわ」もちろん、私も。

ハーロウがタイヤの中に座ると、ナッシュは伝説の腕力を発揮して、彼女を空高く舞いあがらせた。まるで振り子のように前へ後ろへ大きく振られて、ハーロウは笑い、叫び、呼応して豊かに響くナッシュの笑い声にうっとりと耳を傾けた。

それからナッシュは目をきらめかせ、タイヤを吊っているロープをばねのようにきつく巻いていった。

「用意はいいか？」

「まだよ」ハーロウは必死でタイヤにしがみついた。

喉の奥で低く笑いながらナッシュがタイヤを思いきりまわすと、ハーロウは本当に久しぶりに不安も恐れもすべて忘れて悩みのない子供に戻った。何もかもナッシュ・コービンのおかげだった。

# 12

　その日の夕方、ナッシュはステーキ肉に下味をつけながら、今日一日を振り返って達成感に浸っていた。ガスと話し、ハーロウの愛らしい息子とチェッカーをして、ハーロウと、その後デイヴィスとブランコで遊び、本当に久しぶりに最高の一日だった。あれほど楽しんだのは、優勝決定戦《スーパーボウル》で勝利して以来、自分の資産の矛盾点に気づいて以来初めてだ。

　だが、ハーロウの涙を見て打ちのめされもした。彼女は大切な母親の形見の指輪を売ったのだ。同時にナッシュは、彼女の自己犠牲を知って自分を情けなく感じた。彼女に必要な金をすべて与えたいと心底思う。半年前の僕なら、それができたのに。

　今は与えられる金はないが、ハーロウを笑わせることはできる。ステーキを焼き、思い出話に興じ、彼女の息子にブランコを作ってやることはできる。

　ハーロウとブランコで遊んだ時間は自由気ままで楽しく、彼女のくすくす笑いや甲高い悲鳴を聞いて胸が躍った。懐かしい昔を思い出した。スポーツ界の頂点をめざして必死だった四年間、そんな古きよき時代は忘れていた。

　やがて昼寝から目覚めたデイヴィスが庭に現れ、新しいおもちゃに母親以上に大はしゃぎした。

　デイヴィスのことを考えると、ナッシュの楽しい気分は少し陰った。今夜こそハーロウに尋ねるつもりだ。その結果、僕の人生は変わるかもしれない。ハーロウとの友情は壊れるかもしれない。

　それでも尋ねるしかない。

　ステーキ肉に大量のニンニクと塩と胡椒《こしょう》で下味をつけてから、ナッシュはグリルに火をつけ、アルミホイルで包んだジャガイモを焼き始めた。外気は冷《い》たいが凍てつくほど寒くはない。ゆっくりと、だが着実に、春が近づいてきている。今日は家の裏手のポーチで肉を焼くのに最適な気候だ。

早くハーロウに会いたい気持ちと、デイヴィスの件を尋ねたらどうなるかを恐れる気持ちの両方を抱きつつ、ナッシュはシャワーを浴び、ひげをそり、コロンをつけた。洗いたてのジーンズと黒いTシャツ、その上に栗色《くりいろ》の暖かなボタンダウンシャツをはおり、鏡で自分の姿をチェックした。

悪くない。もう青ざめた病人には見えない。そっと肩をまわしてみる。完治してはいないものの、使い物にならなかった以前よりはだいぶましだ。

ひどく不安だが、トレーナーと栄養士のいるフロリダへ戻らなくては。それ以上に、信頼できる弁護士を見つける必要がある。

だがもし僕がデイヴィスの父親だったら、すべての優先順位は変わるだろう。

ドアをノックする音に続いて、〝ハーイ、私よ〟という聞き慣れた声がした。

ハーロウだ。ナッシュの脈は速まった。

急いで居間へ行くと、ハーロウは彼がドア脇に置いた古いラグで靴の泥を落としていた。まるで本物のデートのようにこぎれいな身なりだ。いや、やはりこれはデートなのだろう。

ナッシュの胸の中で、さまざまな感情がミツバチのようにぶんぶん音をたてて飛びまわった。

鮮やかなブルーのセーターが、ハーロウの見事な赤毛を燃え立たせ、血色のいい美しい肌によく映える。彼女を上から下までじろじろ見るのはやめようと思うのに、目が言うことを聞かない。

ハーロウは子供のころからかわいかったが、成熟して美しくなった。

「デザートを持ってきたわ。ビーの店のチェリーパイよ」ハーロウは白い箱を掲げた。

ナッシュは箱を受け取って考えた。僕がパイ好きなのを覚えていてくれたのか、それともたまたまだろうか。「入ってくれ。お腹《なか》は空《す》いてるかい?」

「いつでも食べられるわ」この家を自分の家と同じくらいよく知っているハーロウは、さっそくキッチンへ行き、ナッシュと並んで支度を始めた。

ハーロウはパックのサラダをボウルに移し、彼は窓際の小さな円テーブルに二枚の皿を置いた。

いい感じだ。僕とハーロウ。また一緒になった二人。今夜の彼女は僕が帰郷してからずっと対処してきた怒りっぽくて予測不能の女性ではない。

彼女はハーロウ――昔からの友達だ。ただし昔とは違うところもある。その違いも気に入っている。

今日、ハーロウは家畜小屋で僕の慰めを求めた。求めに応じることができて、僕は有頂天だった。キスしたくてたまらなかったが、抱き寄せて涙をぬぐい、彼女の人生をよくする方法が見つかりますようにと祈るにとどめた。ハーロウもとげとげしい態度をとらず、すなおに抱擁を返してくれた。

どうやら彼女が心に築いた壁を壊せたようだ。二人の関係がこのまま良好であればいいのだが。

ハーロウが僕を警戒したのは、デイヴィスの件があるからだろうか。僕が真実に気づき、隠していた彼女に腹を立てるのではと恐れているのか?

ハーロウに真実を尋ねるまでは、デイヴィスのことが頭を離れそうにない。

とはいえ、まだ尋ねるのは早い。まずはハーロウと二人きりの時間を楽しみたい。デイヴィスの件を持ち出せば、彼女のプライバシーを詮索したために二人の友情を永遠に失うかもしれない。

だがもしこの問題が、僕のプライバシーでもあるならば……。

「ウェイド・トルードーといとこのボウイが、明日トラクターを起こしに来てくれるの」ハーロウは引き出しを開けて、ステーキナイフを取り出した。

ナッシュはさっと彼女を見た。「まさか僕のことを話しては――」

ハーロウは片手に持った二本のナイフを彼に向けた。「ご心配なく。あなたのプライバシーは無事よ。熱狂的ファンの群れに襲われる心配はないわ」

ナッシュはほっとして照れたように笑った。彼女にそんなふうに思われたのかと少し気まずかった。

「すまない。今は頭の中がぐちゃぐちゃなんだ」

ハーロウは彼に背を向け、ナイフを円テーブルに置いた。「そうでしょうね。よくわかるわ」

いや、わかるはずがない。彼女は何を考えているんだ？ デイヴィスのことだろうか。ナッシュは神経がぴりぴりして、この先の会話が不安になった。

ステーキが焼けると、二人はテーブルについた。

「まあ、おいしそう。お祈りをしてもいい？」

「いいとも」

ハーロウが声に出して食前の短い祈りを捧《ささ》げる間、ナッシュも目を閉じて、今夜の話し合いがうまくいきますようにと心の中で祈った。

ハーロウの祈りが終わると、〝アーメン〟と唱和してから彼は続けた。「最近は多くの過ちを犯してきた。これもその一つだな」

「信仰をなおざりにしてきたということ？」

「ああ。今はたんすの中に入っていた古い聖書を読んでいるところだ」

「よかった。それを聞いてうれしいわ。私も聖書の言葉にずいぶん助けられているの。おかげで、もう寂しいとは感じなくなった」

「君が寂しい？ いつも家族と一緒にいるのに？」

少年時代は大家族のマシスン家に惹《ひ》きつけられたものだ。にぎやかさと、いつでも同年代の子供と遊べる環境が自分の家には欠けていたから。両親からは長年の祈りが叶《かな》ってようやく授かった大切な子だと言われたが、一人っ子はうんざりだった。

「それでも寂しいことはあるわ。私がどんな人間か知っているでしょう？ いつもまわりのすべての人に責任を感じて、全員の世話をしなきゃいけないような気がするのよ」

「ああ、君はそんな子供だったね」

「今もそうなの。なぜかはわからないけれど。妹たちはもう大人になった。牧場は家族全員のもので、私一人の責任じゃない。でもなぜか、何から何まで私が一手に引き受けているみたい」

「今の君はつらい状況にいるんだ。モンローとガスが元気になれば楽になるさ」

「わかってる。あなたの言うとおりね。ポピーは聖書を引用して〝おまえの荷を主にゆだねよ〟と言うけれど、なかなか難しいわ」

ハーロウはジューシーなステーキにナイフを入れ、絶妙な焼き具合に称賛のため息をもらした。

二人はしばらく食事に専念した。やがてハーロウが、このステーキは美味だがマシスン牧場の牧草で育てた牛ほど柔らかくないと言った。

「それなら、なぜ僕たちは君のところの牛肉を食べていないんだ？」牧場経営者は牛の飼育から肉の加工まで自分たちで行うことが多いのをナッシュは忘れていた。四年間ですっかり都会人になっていた。

「うちの冷凍庫はからっぽなのよ」

「どうして？ 普通、出荷用の去勢雄牛の肉が保存されているはずだろう？」

答える前に時間稼ぎをするかのように、ハーロウは水を一口飲んだ。「去勢雄牛は去年の秋に全頭売ってしまったの」

マシスン家の財政状況は、僕が思っていた以上に悪いようだ。別に驚く事態ではないが。小規模の牧場ではよくあることだ。ただ、ハーロウ一家が困窮しているのに、今の自分には何もできないと考えるのはつらかった。

ナッシュはステーキにフォークを突き立て、話題を変えた。この先もっと深刻な話し合いが控えているのに、牛肉の話で不穏な雰囲気になってはまずい。テーブルにチェリーパイが置かれるころには、ナッシュは会話を気軽な話題に持っていくことに成功していた。

彼がロッカールームでの滑稽な逸話を披露すると、ハーロウは二人共通の知人たちの近況を語った。そこから彼女の末の妹テイラーの話になった。今や若い大人の女性となったテイラーは旅と冒険が大好きで、ハーロウを苛立《いらだ》たせているらしい。

「君は仕切りたがり屋だからな」ハーロウは昔から常に妹たちと祖父を、そして自分の世界のすべてを過保護なまでに守りたがった。ときには僕のことまでもだ。たぶん両親を事故から守れなかったせいで、自分の周囲のすべてを安全で秩序立った状態にしておきたいという強い欲求に駆られるのだろう。

テイラーはそんな姉に反発したようだ。

「仕切りたいわけじゃないわ！　テイラーは傷つきやすい子なの。見ず知らずの他人とあちこちふらふら旅してまわるなんて危険でしょう」

「君にとっては他人でも、テイラーにとっては友人だろう。彼女はもう大人だぞ」

ハーロウはパイのかけらに敵意をこめてフォークを突き刺した。「あなたにはわかりっこないわ」

「ああ、そうだな」ナッシュは慌てて厄介な話題を取りさげた。ハーロウが身構えて心を閉ざすような危険は絶対に避けたい。それでなくてもデイヴィスのことを尋ねれば、事態は白熱する恐れがある。

ハーロウとデイヴィスの件。資産の問題。肩の怪《け》我《が》。問題が山積みで、山はどんどん高くなるばかりだ。これではまともに考えることすらできない。

ハーロウが彼の顔の前で手を振った。「もしもし、ナッシュ。どこへ行っちゃったの?」

「どこへも行ってないよ。ただ……君のきれいな髪に見とれてただけさ」

ハーロウは一つにまとめて片方の肩に流した長い赤毛に触れた。「あら、ありがとう。でも私のことをたいまつだの、火がついたマッチだのとののしったじゃない。忘れたの?」

ナッシュは天井を仰いだ。「あのときは、二人とも十歳だったんだぞ」

「いいえ、十一歳よ。息子の悪態を聞きつけたお母さんに叱られて、あなたは謝ったけど」

「母は知らなかったが、君が先に僕をゴジラと呼んだんだ。まあ、その前に僕が君の足を踏んだけど」

「爪先が折れかけたわ」彼女はくすくす笑った。

二人が笑みを交わすと時が止まり、まるで四年の空白がなかったかのようだ。昔の思い出も、今この瞬間も楽しい。ハーロウと一緒にいればいつも楽しい。一緒にいることが自然で正しいと感じる。ほかのどんな女性といるよりも居心地がいい。ハーロウのそばでは、ありのままの自分でいられる。

「もうお腹いっぱい」彼女は残ったチェリーパイをナッシュのほうへ押しやった。「食べる?」

これも昔からの習慣だ。小柄なハーロウは食べきれなかった料理を、常に空腹だった育ち盛りの僕に譲ってくれた。

ナッシュはパイ二切れを平らげて椅子の背にもたれた。「いいディナーだった」

「誘ってくれてありがとう。最初は乗り気じゃなかったけど、来てよかったわ」

「どうして乗り気じゃなかったんだい?」

ハーロウは立ちあがり、食器をシンクへ運んだ。

ナッシュもあとを追った。デイヴィスの件を話したくて気が焦るが、不安もある。ハーロウが皿を洗い始めたとき、彼は水道の蛇口を閉めた。

「それはあとにしよう。話がある」

「話って？」

「おいで。座って話そう」ナッシュはハーロウの手を取ったが、彼女は用心深い表情で後ずさった。

「なんだか深刻そうね」

ナッシュは細くて華奢《きやしや》な指を大きな手のひらで包みこんだ。「ああ、深刻な話だ」

ハーロウは目を見開き、逃げ場を捜すように室内を見渡した。「せっかく楽しく過ごしていたのに、深刻になりたくないわ」

「頼むよ」ナッシュは穏やかになだめすかすような口調で続けた。「大事なことなんだ」

ハーロウはあきらめのため息をついてうなだれ、彼に手を引かれながら居間へ入っていった。

ナッシュに促されて古びたソファに座り、大きな手で両手を包まれると、脈が音速並みに速まった。彼の顔つきはひどく真剣だ。

固い塊がこみあげて喉が詰まったが、ハーロウはなんとかその塊をのみくだした。これから聞かされるのは、なんであれ嫌な話だという気がする。

まさかデイヴィスの話じゃないわよね？　ナッシュが真実を察するはずがない。そうでしょう？

「いったい何？　脅かさないでちょうだい」

ナッシュは一つ深呼吸した。「どう言えばいいか、わからないんだ。君を動揺させたくない。もし勘違いだったら、先に謝っておくよ。僕がフロリダへ発《た》つ前夜、僕たちは……大きな間違いを犯した。だが当時君は、その影響はなかったと言った」

ハーロウは身をこわばらせた。うちの牧草地で気を失った彼を見つけた日からずっと恐れていたことが起きてしまったのだ。ナッシュが怒ったら、デイヴィスを欲しがったら、どうすればいいの？

「あれは四年も前の話よ。私たちは先へ進んだわ」

鋭い視線が彼女を射抜いた。「目をそらさずに答えてくれ。デイヴィスは僕の息子なのか？」

ハーロウの顔は熱くほてり、心臓は胸から飛び出しそうなくらい激しく打った。数日前、数週間前、いえ、四年前に打ち明けるべきだった。でも当時の私は彼に腹を立て、失望していた。この四年間、ナッシュはデイヴィスを欲しがらないし、あの子を得る資格はないと思っていた。

いまだに、それが真実かもしれないと思っている。だけど私の良心は、それでもナッシュに告げるべきだと、彼には知る権利があると促している。

彼の怒りに備えて身構え、ハーロウは消え入りそうな小声で答えた。「ええ、そうよ」

ナッシュは頭をのけぞらせてうめき、うつむいて両手で顔を覆った。「すまない。本当にすまなかった。僕の責任だ。僕は無謀で無思慮な愚か者だった。

あれは起きてはならない間違いだったんだ」

ハーロウは体を硬くした。「私は、デイヴィスを授かったことを絶対に後悔しないわ」

「もちろんだ。僕もそのことは後悔していない。デイヴィスはすばらしい子だ。ただ、僕の軽率な行為のせいで君に負担をかけた。ずっとそばにいるべきだった。離れてもずっと見守るべきだった。君一人に苦労を背負わせてしまった」

ナッシュの反応は予想外だった。彼は私ではなく自分を責め、取り乱すほど後悔している。

奇妙なことに、ハーロウは彼を慰めなくてはと感じた。長年ナッシュに傷つけられてきたのに、まだ彼を愛している。デイヴィスが生まれたとき、そばにいてほしかったと、私と息子を愛してほしかったと思っているのだ。

「もうすんだことよ。過去は変えられないわ」

ナッシュはソファから立ちあがると、居間を歩きまわった。それから彼女の前で立ち止まった。ハーロウは顎を上げて彼を見た。

「僕の責任だ。僕の身勝手な振る舞いのせいで、君と幼い息子をひどい目に遭わせた。過ちを償わせてくれ。ハーロウ、結婚しよう」

ハーロウはあんぐりと口を開け、まばたきを繰り返した。自分の耳が信じられない。「結婚……?」

「君が好きだ。ずっと好きだった。君も僕が好きだろう?」ナッシュの期待に満ちた顔を見て、ハーロウは困惑した。自分の良心の呵責《かしやく》を和らげられるという以外、彼はこの結婚に何を期待しているの? 十五歳のときからナッシュのプロポーズを夢見てきたけれど、彼はそれをふと思いついたようにぽろっと口にしたのだ。過ちを償う方便として。

全然ロマンティックではない。愛の告白でもない。私が夢見てきたプロポーズとはまるで違う。

ナッシュは私を愛していない。愛したことなどない。彼のプロポーズは愛とはなんの関係もない。

ナッシュは自分の牧場で牛の飼育をして暮らしたいとは思っていない。同様に、本当は私と結婚したいとも思っていないのだ。

ただ正しいことをしようと考えているだけ。

ナッシュはまたハーロウの隣に座り、力なく垂れた彼女の手を優しく握った。ハーロウはショックを受け、心がうつろになり、動く気力もなかった。

「さしあたり、それが僕たちにできる最善策だ」ナッシュはまるで彼女が突拍子もないプロポーズにすでに同意したかのように話を先へ進めた。「すぐにでも結婚しよう。僕がフロリダへ戻り……向こうでの問題に対処する前にね」

〝向こうでの問題〟

たぶん女性問題だろう。フロリダにも私と同じく、彼に心を引き裂かれることになる女性がいるのだ。

そこでハーロウははっと気づいた。彼はまた去っていこうとしている。ただし今回は去る前に、前回去ったときにあとに残したままにしていた厄介な問題を片づけるつもりなのだ。

私とデイヴィスが片づけるべき厄介な問題だなんて侮辱だわ。怒りがこみあげ、ショックで無気力になっていた心と体がよみがえった。血が沸き立ち、こめかみがどくどくと脈打つ。

「いいえ、結婚はしません」

〝間違いを犯した〟〝ひどい目に遭わせた〟〝すまない〟ナッシュの言葉が頭の中で繰り返し再生され、謝罪が心に突き刺さった。謝罪なんかいらない。欲しいのは自責の念ではなく、愛なのに。デイヴィスは後悔すべき過ちではなく、神の恵みなのに。

〝自責の念は、私たち一家を破産に追いこんだ投資の件のためにに取っておけばいいわ〟

その言葉を彼の顔に投げつけてやりたい。ハーロウはポピーとの約束を思い出して、激しい衝動をなんとか抑えた。

「なぜだい？」ナッシュは当惑顔だ。「結婚は最善の解決法だよ。僕たちは二人とも独身で、デイヴィスには父親が必要で、あの子は僕の息子だ」

その愛のない屈辱的な言葉一つ一つが私の心を打ち砕いているとは、彼は夢にも思わないのだろう。

「あの子は私の息子よ。あなたが現れるまで、母と子の二人でうまくやっていた。あなたが去れば、また二人でうまくやっていくわ。結婚はしません」

「君の言い分は理解できないな。筋が通らないよ」

ハーロウは握られていた手を振りほどいて立ちあがり、皮肉っぽく応じた。「そうでしょうとも。あなたみたいに裕福で有名な大物にプロポーズされて断るなんて、筋が通らないわよね？」

言えば言うほど怒りが募ってくる。愛されず哀れまれて心を打ち砕かれるより、怒って反撃するほうがましだわ。

「ハーロウ、デイヴィッドは僕の息子だよ。あの子のことを知りたいんだ。これまでの……とにかく、何もかもすまなかった」

ナッシュの冷静な声がハーロウの怒りに油を注いだ。「やめてちょうだい。もう十分謝ったでしょう。謝罪にはうんざりなのよ」

彼は降参とばかりに両手を上げ、今度はなだめにかかる。「オーケイ、わかった。落ち着いて、穏やかに話し合おう。君の頭の中を理解したふりをするつもりはない。だがデイヴィスのことを考えてごらん。僕は極悪非道な男ではない。そうだろう？　もちろん欠点はあるが、そこまでひどくはない」

「ええ、極悪非道だなんて言ってないじゃない」もっとも投資で大金を失ったあとは、そう思ったこともある。でも、最近のナッシュは親切で優しい。

そのせいで、また彼に恋をしてしまった。私の人生最大の愚かな過ちだ。

「デイヴィスに父親と知り合う機会を与えるべきじゃないかな？　そうしたいと思わないかい？　やがて、あの子が父親のことを尋ねる日が来る。そのとき、息子と関わりたがった父親を君が拒否して遠ざけたと知ったら、あの子は怒るんじゃないか？」

頭の中を整理しなくては、とハーロウは思った。突然のプロポーズに動揺して、まともに考えられない。ナッシュの帰省後、デイヴィスの件を打ち明ける心づもりはしていた。彼がまた去るまでに、私なりのタイミングで、きちんと準備してから。

ところが今夜は単なる友人同士のディナーのつもりで来たのに、こんな不意打ちに遭ったのだ。

ハーロウはリラックスしようと深く息を吸った。「その点はあなたの言うとおりだわ。デイヴィスからあなたを遠ざけるつもりはないの。むしろあなたには息子と関わってほしい。でも結婚の話は二度と持ち出さないで。私が結婚するとしたら、義務のためではなく愛のためよ。愛は譲れない。私は、そしてあなたも、愛ある結婚をして当然なのだから」

ほら、とうとう言ってしまったわ。愛をこの場の話題にしてしまった。

「なるほど。理解できた、と思う」ナッシュは悲しそうにかぶりを振った。「本当にすまなかった」

ハーロウは震える指を彼に突きつけた。「謝らないで!」それからくるりと背を向け、おぼつかない手で玄関のドアノブをまわした。「パイの残りがキッチンにあるわ。全部あなたにあげる」そして最後にもう一度肩越しに振り返った。「今日はディナーをありがとう」

ナッシュが何か言おうとしたが、ハーロウはその言葉を待たずに出ていった。

# 13

その夜、ナッシュはあまり眠れなかった。

夜明け前に起きて家の中を歩きまわり、それから外へ出た。大きな白い月が広野に影を落とし、漆黒の空に幾千もの星がまたたいている。田舎では星がどれほどまばゆく輝くか、忘れていた。

彼は北斗七星からオリオン座の三つ星まで指でたどってみた。

そのとき、目の端で何かが動いた。マシスン牧場との境の柵に沿って、一匹のコヨーテが冬枯れの草原をうろついている。もし牛たちに近づいたら阻止しようと、ナッシュは捕食動物の動きを見守った。隙あらば家畜を狙うコヨーテは牧場経営者の悩みの種だ。こんな害獣がいるから、ナッシュはますます牧畜業に戻りたくなくなるのだ。とはいえ、他人に煩わされない牧場の静けさは快適だ。それもまた、彼が忘れていたことの一つだった。

コヨーテがじりじりと牛に近づきだした。ナッシュはそちらへ駆け寄りながら、腕を振りまわして叫んだ。「こら、うせろ。あっちへ行け！」

害獣は一目散に走り去った。

コヨーテがうろついているとハーロウに知らせなくては。大人の牛は自分で自分を守れるが、妊娠中の雌牛や生まれて間もない子牛に気を配る必要がある。出産中の母牛は特に被害に遭いやすい。

ハーロウもデイヴィスを産んだとき、僕がそばにいなくて心もとなく思っていたのだろうか。

僕には息子がいる。その事実はすんなり納得できた。デイヴィスが僕の息子だと、心の奥底では最初からわかっていたのかもしれない。

ゆうべはへまばかりして、ハーロウとうまく話し合えなかった。しかしいくら考えてみても、ほかにどう言えばよかったのかわからない。

きちんと過去の過ちを謝罪し、デイヴィスを合法的な息子にするために結婚を申し出た。それなのに、ハーロウはなぜあれほど激怒したんだ？

彼女は僕の財政上の問題を知らない。だから結婚を拒否したのは、僕の金欠が原因ではない。そもそもハーロウは、昔から男の財布の中身には無関心なタイプだった。

だが僕は無関心ではいられない。ハーロウとデイヴィスを養うためには金が必要だ。

昨日、ハーロウはマシスン牧場の困窮を認めた。彼女が母の形見の指輪を売ったつらさを思うと、いたたまれない気持ちになる。どうにかして僕の財政問題を解決し、息子の養育を支援したい。せめてそれくらいはする義務がある。本当は母と子の生活を丸ごと全部引き受けて、二人が持っていないものはなんでも浴びせかけるように与えたい。

ハーロウは働きすぎだ。そのうえ、牧場の農機具の半分は壊れかけている。結婚はできなくても、彼女の暮らしを楽にする手立てをなんとか見つけよう。

結婚を拒否されて、ナッシュは予想以上に傷ついていた。彼女を大切に思っているし、またいい関係を築きたいのに、ハーロウはなぜ僕の善意をわかってくれないのだろう？

二つの牧場の境にある門まで来て、ナッシュは門柱にもたれ、一息ついて考えた。自分の財政問題と、ゆうべ知った事実ですっかり動揺していた。

ここカイアミシ山麓の小高い丘の上からは、マシスン家の屋外保安灯が見える。害獣除《よ》けと、夜間に納屋や家畜小屋へ行く道を照らすために、どの牧場にもある設備だ。灼熱《しやくねつ》の夏ともなると、仕事は夜にしたほうが涼しい。

ここにはたくさんの思い出がある。嫌なものもあるが、多くは楽しい思い出だ。そのすべてを心の奥にしまいこんで、夢を追いかけてきた。

マシスン家の母屋に明かりがついた。たぶんガスが起きたのだろう。ガスはいつも早起きだった。

ハーロウは、僕と同じく、ゆうべはあまり眠れなかっただろうか。ナッシュは隣家までジョギングして、早起きの誰かと一緒にコーヒーを飲もうかと考えたが、思いとどまった。ハーロウも僕もじっくり考える時間が必要だ。その後、もう一度プロポーズしよう。結婚は正しい選択だ。男は自分の行動に責任を持て、と父に言われた。僕は責任を取りたいのだ。ハーロウがそうさせてくれさえすれば。

これまでは結婚についてほとんど考えずに、自分のキャリアと金を稼ぐことに専念してきた。だがハーロウとの結婚なら不安は感じない。むしろ、彼女を傷つけ怒らせたことや、彼女と再び離れることを考えたときのほうが不安を覚える。

ハーロウがどう答えようと、ナッシュはデイヴィスの父親になると決意していた。彼女もそれは拒否しないと言っていた。ハーロウの言葉は信用できる。彼女が息子のことを隠していたのになぜまだ信用できるのか、自分でもわからないが。

自宅までジョギングで戻る途中、ナッシュは家畜小屋で足を止め、馬に干し草を与えた。マシスン牧場の家畜小屋から分けてもらった干し草だ。

友達が必要なとき、ハーロウはいつもいい友達でいてくれた。その友達を僕はひどく失望させた。

どこかのろくでなしがハーロウと息子を捨てたと知って激怒したが、そのろくでなしは僕だったのだ。はたして彼女に許してもらえるだろうか。そして自分を許せるだろうか。

ナッシュは自分の人生の惨状を誰かに話したかった。昔はハーロウや自分の父親やガスに相談したが、ここ一カ月足らずの間に僕の世界は崩壊してしまい、携帯電話がない今はチームメイトのザックとさえ話せない。もっともエージェントや資産の問題、そして息子の件は、個人的すぎて親友のザックにも打ち明けられないだろう。いつかは話すつもりだが、ハーロウと折り合いがつくまでは無理だ。

家畜小屋を出ると、朝の最初の光が地平線をピンクゴールドに染めていた。はるかかなたには太古の山々がそびえている。

聖書の一節が心に浮かんだ。遠い昔、牧場が何度か経済的な損害を被ったあと、母がキッチンの戸棚に貼った言葉だ。紙が黄ばむまで何年もそのままだったので、ナッシュもしょっちゅう目にしていた。正確には覚えていないが、〝たとえ山は揺れ、丘は海の中へ崩れ落ちるとも、神の愛は揺らがない〟といった内容だった。

たとえどんなひどい状況になろうと、僕の頭がどれほど混乱しようと、神の愛は揺らがず、僕を支えてくださる。そう思うと気が楽になった。

神は僕を愛している。両親からもガスからもそう教えられた。神はただ、僕が目を覚まし、一度神に背を向けたことを悔いるのを待っておられるのだ。

「神よ、お許しください」ナッシュは顔を上げて、太陽が光る長い指をゆっくりと空に広げ、闇夜を押しのけていくさまを見守った。

闇を払い、前方の道を照らす。これも神の御業《みわざ》だ。

「神よ、僕にはこの状況を正すことはできません。だがあなたなら正せる。どれほど困難な道でもいい。どうか僕の進むべき道をお示しください」

そう祈ると、ナッシュは朝のまぶしい光と新たな希望に包まれて、自分の家へ歩いて帰った。

朝食にはグラス一杯のミルクとチェリーパイの残りを平らげた。その後、屋内運動で汗をかき、たっぷり一時間肩のリハビリをしてから、シャワーを浴びて服を着た。早くハーロウに会いたくてたまらない。彼女は会いたくないかもしれないが、祖父や息子の前では僕を怒鳴れないだろう。

今日は徹底的に話し合わなくては。慎重に話を進め、ハーロウを納得させる。彼女とデイヴィスをきちんと養うと、二度と失望させないと明言する。

ゆうべ彼女が結婚を断ったのは、また失望させられると思ったからなのか？

ナッシュは浴室の鏡に映る自分を眺め、うずく胸を撫《な》でた。デイヴィス。僕には息子が、左の頬骨の上に愛らしいえくぼのできる幼い息子がいるのだ。

母に電話するのが待ちきれない。最初は驚くだろうが、喜ぶはずだ。いつももっと子供を欲しがっていたし、ハーロウを実の娘のように愛していたから。

父が生きていたらよかったのに。

そのとき、朝の静寂を破るエンジンの音がした。

「ハーロウ？」ナッシュの脈は跳ねあがった。

彼女は結婚する気になったのか？　それとも息子との面会権について話し合うために来たのか？　何か要求があるのか？　それが金でなければいいが。

いずれは資産を取り戻すつもりだが、ハーロウの望みはなんだろう？　僕の持っているものならなんでも、本当になんでも君にあげよう。

ナッシュは急いで玄関へ向かった。

そしてドアを開けたとたん、胃がすとんと落ちるような感覚を覚えた。庭が車で埋まっている。有名なスポーツニュース番組のトラックも見える。

大張りきりのレポーターが衛星中継用のトラックから勢いよく飛び出してきた。続いて巨大なカメラを抱えた男もポーチのほうへ歩いてくる。

なぜここにいるとばれてしまったんだ？　誰にも話していないのに。マシスン一家とアイク・クラウダー以外、誰にも。ドリフターを預けていたアイクは年老いたカウボーイで僕にまったく興味がない。

僕がプロスポーツ選手になったことすら知らない。

恐ろしい考えが頭をかすめた。

ハーロウがSNSに暴露したのか？　一種のひねくれた復讐《ふくしゅう》だろうか？

いや、彼女がそんなことをするはずがない。

だが頭の片隅で、誰かがしつこく小声でささやく。ハーロウは息子の誕生を秘密にしていた。ゆうべ僕が問いつめるまで四年間も。本当は教えたくなかった秘密を言わされたから、激怒して帰ったのだ。

その仕返しに、僕を傷つけたくて居場所を暴露したのなら、復讐は成功だ。やはり彼女に違いない。

スターアスリートのナッシュ・コービンは、内心吐き気を催しつつ、お得意の広告業界向けの笑みを顔に貼りつけ、コンクリートのポーチへ出ていった。

これほど裏切られたと感じるのは初めてだった。

# 14

これでやっと直してもらえるわ。水道修理業者のトラックがマシスン家の庭に入ってきて、ハーロウは家族とともに作業員二名を出迎えた。

寝不足で頭がぼうっとして、乾いた目がちくちく痛む。ゆうべはほとんど一晩中、暗闇を見つめ、ナッシュとの醜い一幕を思い返していた。

外に出ると、早朝の太陽の光がまぶしくて目がくらんだ。天気予報によれば、何週間も続いた冷たい雨は終わり、これから暖かくなるそうだ。ハーロウが、そして牧場で働く誰もが待ち構えていた春が、ようやく訪れようとしていた。

ただし、春になればナッシュは自分のチームに戻らなければならない。彼のばかげたプロポーズに腹を立てたものの、二度と会えなくなるのは耐えがたい。デイヴィスの件を打ち明けた今、もうナッシュを避ける理由はないのだから。

ハーロウは毎日彼に会いたかった。いつもそばにいてほしかった。

愛のないプロポーズにまだ傷ついていたけれど、さっさと消えてほしいとは思えない。

ナッシュ・コービンへのこの複雑な思いを、いったいどうすればいいの？

パーカーのポケットに両手を入れて、ハーロウはため息をついた。私は救いがたいロマンティストで、とっくに消えた夢を忘れられない愚か者だわ。

ゆうべはナッシュの家から戻るとまっすぐモンローの寝室へ飛びこみ、彼との腹立たしい顛末《てんまつ》を唯一の相談相手である妹にぶちまけた。

モンローは平然と肩をすくめた。「だったら、彼と結婚すればいいじゃない」

ハーロウはあきれて目をまわした。「あなたは彼が好きじゃないでしょう？」

「でも姉さんは好きでしょう？」妹はベッドに座り、自分のノートパソコンで何かしている。「あの特大サイズのろくでなしがずっと好きで、彼の子供まで産んだ。だったら、さっさと結婚すれば？」

ハーロウもベッドに飛びのった。「彼を愛しているのよ。彼にも私を愛してほしいの。義務感で結婚なんかしてほしくない」

モンローはパソコンのふたを閉じて脇に置き、姉に向き直った。「彼に愛される見込みはあるの？」

「いいえ。どんな女性でも選り取り見取りの彼が、四年間思い出しもしなかった私を愛するわけがない。しかも、フロリダに意中の人がいるみたい。でも自分の息子の母親と結婚するために別れなきゃならない。私はそんな結婚を望んでいないわ」

「それじゃあ、こうしてみたら？」モンローの顔にいたずらっぽい笑みが浮かび、やけどの跡が引きつれた。「結婚して彼のお金を使いまくるの。彼と例のエージェントが私たちから奪ったお金を一セント残らず取り戻すのよ。それから離婚して放り出してやればいい。仕返しができて、私たちも潤うわ」

妹は冗談を言っているのだとわかっていたが、笑えない。「ちっとも力になってくれないのね」

「姉さん、そんな目で見ないでよ。オーケイ。では、実際的な解決策を考えましょう。今後、彼にデイヴィスとの面会権は認めるつもり？」

「ええ、父と子の関係を築いてほしいもの。デイヴィスのためにね」

「ほかには何が欲しいの？　愛以外によ。まったく、誰もが愛を大事にしすぎるわ」

「モンロー、あなたのものの見方は辛辣すぎるわ」

「確かに。私の純真さはあの火事で燃え尽きて、もう皮肉な目でしか世界を見られないのよ」

ハーロウは顔をしかめた。あの火事で、妹は顔にやけどを負いフィアンセに逃げられただけでなく、心にも深い傷を負ったのだ。

不意に井戸水道用エンジンポンプの回転速度が上がり、耳障りな金属音が響き渡った。ハーロウはゆうべの回想から目の前の現実に引き戻された。

裏庭にある煉瓦《れんが》造りの狭い井戸小屋は、作業員二名で満杯だった。マシスン家の面々は小屋の外に立ち、開いた扉から中をのぞいて、作業員たちが井戸水道の不具合の原因を探る様子を見守っていた。

もし新しい井戸を掘ることになれば何万ドルもかかる。母の指輪を売った金では賄えない。

どうかあまり費用のかからない簡単な修理ですみますように、とハーロウは心の中で祈った。

「ポンプの水圧が低いせいだな」作業員の一人が言うのが聞こえた。

ハーロウとモンローは安堵《あんど》の視線を交わし、ガスは小屋に頭を突っこんで作業員たちに礼を言った。

「長雨のあとで道が悪い中、来てもらって助かった。泥道でタイヤが滑って大変じゃなかったか？」

「どうってことありませんよ」分厚い茶色のつなぎ姿の作業員が答えた。「来る途中で、なぜかこっちへ向かう車を山ほど見かけたけどね」

ハーロウはその言葉を聞き流した。だがのちに思い出して、その重要性を理解することとなる。

ハーロウは家畜小屋で、水道修理業者が来たためにやり残した仕事を片づけていた。修理費は予想よりは高かったが、母の指輪で賄えた。今後しばらく家計は厳しくなるものの、モンローの退役軍人年金で必需品は買えるので、なんとかやっていける。ナッシュからは一セントももらうつもりはない。

ゆうべは彼の屈辱的なプロポーズに動揺し激怒し

たが、今は少し落ち着いた。またナッシュと会って、息子との面会をどうしたいのか尋ねなくては。ただし愛のない結婚に同意するつもりはない。

ポピーには、ナッシュがデイヴィスの父親だとまだ打ち明けていない。どう話せばいいかわからないのだ。それもまた悩みの種だった。

こう悩みが多くては、頭痛がするのも無理はない。

「ハーロウ、いるか？」

突然ナッシュの声がして、ハーロウは驚いて飛びあがった。でも来てくれるとは好都合だ。今日は冷静に話し合おう。

ところが彼の姿を見た瞬間、ぴたりと足が止まった。幸先《さいさき》のいいスタートではなさそうだ。

ナッシュは両手を腰に当てて通路に立ちはだかっていた。濃い茶色の眉をひそめ、額にしわを寄せ、体は怒りに震えている。まるで空に高くわきあがった超巨大積乱雲のようだ。そして今、行く手のすべてをなぎ倒す竜巻を引き起こそうとしている。

「ナッシュ？」ハーロウは首をかしげた。ゆうべの彼は全然怒っていなかった。でも今は、明らかに激怒している。「どうかしたの？」

「話がある。今すぐにだ。二人きりで」ナッシュは顎をこわばらせ、強い口調で言った。

「いいわ。ここなら二人きりよ。何か問題が起きたの？　すでに起きてる以外に、だけど」

ナッシュは鋭く目を細めた。「君は知っているはずだ」

いいえ、知らない。こめかみがどくどくと脈打ち、頭痛がひどくなり不安が増した。

今朝目覚めたとたん、私が息子のことを隠していたのがやはり腹立たしいと思い直したとか？

「デイヴィスのことなら、今日会って話し合うつもりだったわ」

彼女の言葉をさえぎるように、ナッシュはさっと手を振った。「違う！」

「それなら、なんの話か教えて。デイヴィスの件でないなら、さっぱりわからないわ」

信じられるものかとばかりに、ナッシュはせせら笑った。日焼けした肌が怒りでどす黒くなっている。

「今朝我が家で起きた出来事が、君と無関係だなんて言うなよ」

逆上した大柄なアスリートにおびえまいと、ハーロウも両こぶしを腰に当てた。「ナッシュ、あなたがなんの話をしているのか、見当もつかないわ。今朝はずっとうちにいて、水道修理業者の相手をしていたんですもの」

「この厄介事を引き起こすために我が家へ来る必要はない。インターネットに接続すればすむ話だ」

ハーロウはまばたきして、彼の言葉を理解しようと必死で考えた。インターネットと私たちの息子にどんな関係があるというの？

「君の復讐《ふくしゅう》は成功だよ。今朝、夜明けとともに僕はメディアの猛攻撃を受けた。顔にマイクを突きつけられ、答えたくない質問をされた。カメラマンは牧場の写真を撮りまくり、納屋まで侵入し、僕のプライバシーを侵した。君はあの惨状に立ち会っても、自分は関係ないふりができるのか？」

ハーロウはあんぐりと口を開け、片手を胸に当てた。「なぜそれに私が関係あると思うの？」

「理由はわかりきっているだろう？」

「いいえ、わからない。私は誰にも話していない」
・ナッシュのかたくなな表情は変わらなかった。私の言葉を少しも信じていないのは明らかだ。
「話してはいないかもしれない。だがカメラやマイクを振りかざしていた連中の話では、ゆうべ僕の居場所を特定する情報がSNSにアップされたらしい。僕と話したあと、君は家に帰り、お気に入りのサイトにアクセスし、荒れ果てたコービン牧場に明かりがともっていたと、そこは行方不明のナショナル《N》・フットボール《F》・リーグ《L》の選手、ナッシュ・コービンの生家だと、世界に向けて発信したんだろう」

「ナッシュ、聞いてちょうだい」ハーロウはつかつかと彼に歩み寄り、太く硬い二の腕をつかんで揺さぶった。「私は誰にもあなたの居場所を知らせてない。誰かさんと違って、約束を守る人間なの」

ナッシュは彼女の手を振り払い、両手をまた腰に当てた。たくましい胸板が激しく上下し、荒い息遣いが静かな家畜小屋にこだましている。

「僕は一人になって静かに考える必要があったんだ。牧場は地球上で唯一、誰にも煩わされない場所だった。ところが今や誰もが、僕の牧場がどこにあるか知っている」

「プロスポーツの道に進むと決めた時点で、あなたはみんなに注目され、煩わされる運命を選び取ったのよ」よく考える前に言葉が飛び出していた。

ナッシュはまた目を細めて彼女をにらんだ。「君は、それが僕のすべてだと思っているんだろう？人の注目を集めることが」

「違うなら、なぜ携帯電話も持たず、誰にも居場所を告げずにフロリダから消えたの？　なぜわざわざ謎めいた行動を取っているの？」理由もなく非難され、ハーロウは怒りに任せて言い募った。だがはっと我に返り、口をつぐんだ。「今の質問は忘れて。あなたが何をしようと私には関係ないわ」

ナッシュは彼女に近づき、低い声で脅すように言った。「いいや。君にも、僕の息子にも大いに関係がある。この騒ぎは君の考えた復讐だからな」

ハーロウも身を乗り出し、彼の顔に顔を近づけた。「あなたの言い分は筋が通らないわ。なぜ私が復讐なんかしたがるの？」

ナッシュはさらに彼女に近づいたが、ハーロウは頑として引きさがらなかった。彼が私を傷つけるはずがない。心はともかく体は無事だろう。

「君は息子の存在を隠した。僕に電話することも飛行機に乗って会いに来ることもできたのに、息子が生まれてからずっと隠し続けた。今回僕が帰郷してから何週間経《た》っても、ゆうべ無理やり認めさせられるまで黙っていた。仕切りたがり屋の君は、息子を独占したかったんだ。ところが昨日その独占権を奪われ、腹いせに僕の居場所をメディアにリークしたってわけさ。次は何をする気だ？　僕がオクラホマ在住の幼い少年の父親だと暴露するか？　君の身の上話をテレビのリアリティ番組に売るか？」

あまりの誹謗《ひぼう》中傷に、ハーロウは言葉を失った。私がそこまでさもしいことをすると、ナッシュは本気で思っているの？　私が彼を、あるいは息子をそんなふうに傷つけると？

ハーロウは両手をこめかみに押しつけた。頭が割れそうに痛い。「やめて。もうやめて。冷静になりましょうよ。大人らしく話し合えるはずだわ。あなたがそんなふうに興奮している間は無理だけど」

「興奮なんて言葉じゃ今の僕の気持ちは表せない。メディアにプライバシーを侵されたあとではね。だがこれだけは言っておく。君がどんな復讐を企てようと、デイヴィスは半分僕のものだ。君が不服でも、僕はあの子の人生に関わっていく。妨害したら法廷に呼び出すからな」

ハーロウは大きく息をのんだ。「それは、いったいどういう意味？」

「親権裁判を起こすという意味だ。僕は必ず勝つ。追って弁護士から連絡させる」彼はくるりと背を向けると、足を踏み鳴らして家畜小屋から出ていった。

あとに残されたハーロウは震えが止まらず、壁に手をついてくずおれそうな体を支えた。

彼は私からデイヴィスを取りあげるつもりなの？　私がメディアにリークしたと思っているから？

それがどれほど理不尽な言いがかりか気づかないのかしら。あるいは、あの脅しは彼の怒りが積み重なって最高潮に達した結果なの？　息子の存在を隠し続けられ、責任を取るためのプロポーズを拒否され、さらに今度はメディアの猛攻撃を受けたから？

ナッシュには私に不信感と憎しみを抱く理由がいろいろあるのだ。最後の一つは勘違いだとしても。

体の震えがひどくなり、ハーロウは床に腰を落として膝に顔をうずめた。ナッシュは裕福で著名な有力者。一方、私は経営不振の牧場と扶養家族数名を抱えた取るに足りない貧乏人。もし裁判になれば、勝つのはナッシュだ。私はデイヴィスを失う。

ハーロウは顔を上げ、震える肩をいからせた。

いいえ、息子を奪われたりしない。たとえどんな手段を使っても阻止してみせるわ。

# 15

またプライバシーを侵され怒りが煮えたぎっていたが、ナッシュは玄関のドアを静かに丁寧に閉めた。押しかけた大勢のファンをサインと愛想笑いでやっと追い払ったあと、人気アスリートをビデオブログに載せているという女性にしつこく追いまわされ、短いインタビューに応じる羽目になった。

あのブロガーは、たぶん僕のむっつりした対応が不満で、嫌なやつだったと酷評するだろう。

普段、ナッシュはメディアの悪評を招かないよう気を配っていた。常にファンや報道陣には愛想よく接し、病院を慰問し、チャリティイベントに顔を出し、清廉潔白な好人物のイメージを保っている。だが今日は、そんなことはどうでもよかった。

どうせ資産の問題が明るみに出れば僕は破滅だ。財産を失ったのは麻薬か賭け事絡みだと、世間は思うだろう。たとえ真実が公表されても汚点は残る。

僕はいい評判も、後ろ盾も失うのだ。

なんとかして、もう一度成功への階段をのぼらなくては。一度できたのだから、またできるはずだ。

デイヴィスの問題が片づいたら、至急フロリダへ戻って財政問題を解決しよう。ここには一人で静かに考えられる場所はもうないのだから。

ハーロウは無実だと言うが、信じるのは難しい。彼女以外に誰がいる？　財政問題のほうを彼女に打ち明けなかったのは、不幸中の幸いだった。

とはいえ、怒りに任せてハーロウを脅したことは後悔している。親権裁判を起こす金などないし、息子の母親とは憎み合いたくない。デイヴィスのために、両親は協力する必要がある。

本音を言えば、ハーロウのためにも争いたくない。すでに彼女を散々苦しめてきた。メディアに居場所をリークされた件は腹が立つが、ハーロウのことは相変わらず大切に思っている。よく考えないまま、早まって彼女の家へ乗りこむべきではなかった。

しつこいメディア連中から逃げられたら、醜い脅しの件を謝りに行こう。そしてハーロウと僕、双方のために問題の解決に努めよう。

だがまずは、怒りを静めて落ち着くことが先決だ。

ナッシュはキッチンの戸棚から鎮痛剤の瓶を取り出し、二錠のんだ。今朝の騒動以来、頭と肩がひどく痛むのだ。これもまた自業自得だろう。

そのとき、裏口のドアをノックする音がした。

記者が家の裏へまわったのか？　怒りがこみあげ、ナッシュは裏口に突進して叫んだ。「うせろ！」

「ナッシュ？」

「ハーロウ？」彼はさっとドアを開けた。

彼の怒りから身を守るようにハーロウが両手を上げた。その顔に浮かんだ恐怖を見て、ナッシュは自分を最低な男だと感じた。「お願いだから怒鳴らないで。分別ある大人らしく話せないかしら?」

「入ってくれ」彼はドアから頭を突き出し、あたりを見まわした。「誰かにつけられなかったか?」

ハーロウは彼の横をすり抜け、キッチンに入った。

「まるでスパイ映画の台詞《せりふ》みたいね」

「記者たちのせいで頭がどうにかなりそうなんだ」ナッシュは髪をかきあげ、哀れっぽく笑った。それからドアを閉め、鍵をかけた。ハーロウは泣いていたように見える。彼は自分を責めた。

「でも、誰も見かけなかったわよ」

「ひとときの猶予さ。フロリダに戻るまでそっとしておいてくれたら、向こうでとっておきの特ダネを提供すると約束したからね」

ハーロウは彼の肩に触れた。「どうかお願い。デイヴィスのことをメディアに話さないで」

ナッシュは体をこわばらせた。「僕は君とは違う。秘密は守る」

「ナッシュ、私は誰にも――」

「やめてくれ。聞きたくない」僕はハーロウを苦しめ、ハーロウは僕に復讐《ふくしゅう》した。明々白々だ。

だとしても、親権裁判を起こすと脅したりすべきではなかった。僕が悪かったと自覚しているし、たとえハーロウが何をしようと、法廷で彼女を悪く言うことなど僕にはできない。

「気が変わったの」ハーロウがいきなり言った。

「なんの話だ?」

ハーロウは深く息を吸って、ごくりとつばをのんだ。頬がピンク色に染まっている。「結婚の話よ」

ナッシュは一瞬戸惑い、何度かまばたきした。

「ちょっと待ってくれ。今、なんと言った?」

「あなたと結婚するわ。今日でも明日でも、いつでもあなたの望む日に」

ナッシュは眉をひそめて目の前の女性を見つめた。

ゆうべは二度と結婚の話を持ち出すなと言ったのに、
今日はバージンロードを歩く気満々だと言う。

だがその姿からは、あきらめしか感じられない。

この話は、どこかひどくおかしい。

ゆうべ眠れない夜の間に、ナッシュは自分でもあのプロポーズはまずかったと悟っていた。ハーロウのことは好きだが、その場の勢いで結婚を決めたら、どちらにとっても悲惨な結果を招きかねない。

「なぜ気が変わったんだい？」

ハーロウはうつむいて自分の手を見ている。「ゆうべあなたが言ったとおりだから。あなたはデイヴィスの父親で、あの子と関わる権利がある」

ナッシュはハーロウへの怒りが和らぐのを感じた。本当は彼女に好意以上の気持ちを抱いている。だが財政的にも身体的にも窮地に陥っている現状では、この気持ちは胸に秘めておくつもりだ。

「〝愛ある結婚〟とやらはどうなったんだ？」

彼女の頬はさらに紅潮し、目はそらしたままだ。

「あなたのことは……好きよ。それで十分だわ」

ゆうべは十分ではなかったのに？　驚きや疑い、さまざまな考えがナッシュの頭を駆けめぐった。

そして、ついに気づいた。息子を熱愛するハーロウは、親権裁判を起こすと脅されて、デイヴィスを失わないためになんでもしようと決めたのだ。

愛していない男と結婚することさえいとわないと。彼女にとって、愛は決して譲れないものなのに。

ハーロウは僕と結婚したいわけではない。ただ、親権裁判を恐れているだけなのだ。妙な話だが、ナッシュはその事実に傷ついた。

「コーヒーか紅茶でも飲まないか？」

ハーロウはけげんな表情で彼を見た。「私の言ったことが聞こえなかったの？」

「聞こえたよ」ナッシュはコーヒーメーカーをセットした。「だが怒りを抱えたまま何かしても、どちらにとってもいい結果は生まれない。コーヒーでも飲んで、腹を割って話し合おう。もし誰か来たら居留守を使えばいい」

彼がコーヒーをいれる間に、ハーロウは戸棚からマグカップを二個取り出してカウンターに置いた。ナッシュは昔のように自分の家に彼女がいるのがうれしかった。自分に比べるとハーロウは小柄なので、いつも彼女を守らなければならないと思っていた。いまだにそう感じる。守るどころか、いろいろな意味でひどく傷つけてしまったというのに。いったいどうやって償えばいいのだろう？

今日もハーロウを脅し、息子を奪われることを恐れた彼女は、あなたと結婚すると言いに来た。僕は何もかもめちゃくちゃにしたのだ。

コーヒーの香りがキッチンに漂い始めた。ナッシュはカウンターに片肘をついて、てきぱきと動いてスプーンやクリームを取り出すハーロウを眺めた。彼女は何がどこにあるか熟知している。古いジャケットを脱いでシャツ姿になり、赤褐色の長いポニーテールがシャツの背中で揺れていた。

ナッシュは彼女の髪が好きだった。そのシルクのようになめらかな感触が指によみがえった。もし二人が結婚したら、あの髪にいつでも好きなだけ触れられる。

そんな考えが頭に浮かんだとたん、彼はそれを抑えつけた。実のところ、ハーロウは僕と結婚したいとは思っていないのだ。

「一つ質問させてくれ」ナッシュは言った。

ハーロウは隣に来て同じようにカウンターにもたれ、彼に向き直った。「どうぞ」その目は相変わらず用心深く、体は緊張していた。

「もしも親権裁判はやめると言ったら、それでも僕と結婚するかい？」

「やめてくれるの？」ハーロウは目を大きく見開き、いぶかしげにきいた。

「ただの仮定だ。まず質問に答えてくれ。もしも僕が絶対に親権を要求しないと約束していたら、君は今日の午後こうしてここに立ち、自分をいけにえの子羊として差し出していたかい？」

ハーロウは下唇を噛《か》み、前方の壁を見つめた。長い静寂が流れた。聞えるのは、コーヒーが滴り落ちる音だけだ。とうとうはしばみ色の目が、わかってほしいと懇願するように彼を見た。

そして、彼女はささやいた。「いいえ」

そのささやきは銃弾のごとくナッシュの胸を射抜いた。おかしな話だが、なぜか心のどこかで別の答えを期待していたのだ。それでも彼は言った。「そうだと思ったよ。では、結婚はなしだ」

「親権裁判は？」ハーロウは彼のシャツの袖をつかんだ。「ナッシュ、お願い。あの子を取りあげないで。私はなんでもするけど、息子をあきらめることだけはできない。どうか私の息子を奪わないで」

彼女は恐怖に震えている。そうさせたのは自分だと思うと、恥ずかしくてたまらなかった。

「今朝は怒りと苛立《いらだ》ちから、つい心にもないことを言ってしまった。君はすばらしい母親だ。デイヴィスは立派に育っている。裁判になれば、君もあの子も傷つく。僕は君たちを傷つけたくない。絶対にあの子を奪ったりしないよ」

大きな安堵《あんど》のため息が静かなキッチンに響き、ハーロウは目を閉じてぐったりとカウンターにもたれた。「ありがとう。本当にありがとう」

また目を開けて彼を見たとき、ハーロウの瞳は濡《ぬ》れていた。彼女の涙はナッシュの心を砕いた。

もう二度と誰にも君と息子を傷つけさせないと約束したい。特に僕自身が二度と傷つけないと。僕は身勝手な怒りで彼女に犠牲を強いたのだ。

ハーロウは僕を最低な男だと思っているのに、息子のためにそんな僕と結婚すると申し出た。

母の愛は強い力になるのだ。

ナッシュは彼女の手を取り、軽く叩《たた》いた。かつて二人の間にあったすべてが失われたことが悲しい。僕たちは、いつかそれを取り戻せるだろうか？

「親権裁判は起こさないが、デイヴィスともっと知り合って、あの子の人生に関わりたい。僕は父親だ。それは僕にとって、とても大切なことなんだ」

「よくわかるわ。それに私も賛成よ。親権争いはしない。間違った理由のために結婚しない。すべてはデイヴィスのためにする。それでいいかしら？」

結婚についてはなぜか賛成したくなかったが、彼は言った。「いいとも。僕の望みはデイヴィスの父親になることだけだ。僕を許してくれるかい？」

「もちろんよ」彼女はおずおずとほほ笑んだ。「もしあなたがデイヴィスのことを隠した私を許してくれるならね。隠したのには理由があったけど、自分が間違っていたとわかった。デイヴィスには、私と同じくらい、あなたも必要だわ」

「ありがとう。いい父親になるよう最善を尽くすよ。君たち二人に決して不自由はさせない」たとえフットボール選手をやめて別の仕事をすることになっても、きちんと息子を養ってみせる。「ハーロウ、協力してやっていこう。一緒ならきっとうまくいく」

ハーロウは唇を引き結び、半信半疑で彼を見つめている。その表情に、彼はまた胸を突かれた。

「君を傷つけないと約束する。信じてくれ」

やがて彼女のこわばった肩から徐々に力が抜けた。

「わかった。私も協力してやっていきたいわ」

ナッシュはようやく彼女を抱き寄せた。待ち望んでいた抱擁は恋人同士ではなく、合意に達した友人同士の和解の印だった。そして彼は、君は特別な人だという思いを込めてハーロウを抱きしめた。

そう、彼女はとても特別な存在だ。ナッシュの中で予想外の何かが起きていた。だがさしあたり、その気持ちをどうすることもできない。

まるでハーロウもこの抱擁を待ち望んでいたかのように、ナッシュの腰に両腕をまわし、胸に頭を預けた。彼は長いポニーテールを撫《な》でた。

「これで、やっと落ち着けたわ」彼女がつぶやいた。どういう意味かよくわからなかったが、彼も同意した。ハーロウを腕に抱いていると、二度と放したくなくなる。たとえ彼女がメディアにリークしたのだとしても、ハーロウは、やはりハーロウだ。

彼女は僕のものだ。

独占欲むき出しの言葉がふと頭に浮かび、ナッシュは当惑した。

「あなたがここにいることは誰にも話していない。ナッシュ、信じてちょうだい」彼女はささやいた。

その言葉を信じたい。ハーロウが僕のプライバシーを守るくらいは僕を気にかけていると信じたい。

そのまま何秒か、もしかすると何分かが過ぎたが、ナッシュは意に介さなかった。彼の背中をハーロウの両手が優しく撫でている。密着した彼女の体が呼吸のたびに上下するのが心地いい。

僕は子供のころからずっとハーロウを友達として愛していた。だが今この瞬間に感じている気持ちは、もっと強くて豊かでロマンティックだ。僕は自分の息子の母親と恋に落ちかけているのだろうか？

それは悪いことか？

ただ、ハーロウは同じ気持ちではない。ゆうべ、そう言われた。いや、本当にそう言われたのか？

〝愛は譲れない〟彼女はそう言った。愛のない結婚はできないと。昔から、女性の言葉の言外の意味を察するのは得意ではない。

ナッシュはハーロウの頬に触れた。その柔らかさにうっとりしつつ指を顎へ滑らせる。彼女の目をのぞきこみたくて、顎を上向かせた。

彼の約束で恐怖が消えたのか、ハーロウは穏やかな信頼しきった表情で、すなおに顔を上向けた。はしばみ色の瞳が、シャツの緑色を映してオリーブグリーンに見える。

ナッシュの胸にぬくもりが広がり、脈が速まった。今の僕では彼女に多くを与えられない。でも彼女のために信頼に足る男になることはできる。

「今すぐ君にキスしたくてたまらない」ナッシュは低くかすれた声で言った。

ハーロウが口角を上げた。「私はかまわないわ」

だから彼はキスをした。最初は友達としての好意を示す軽いキスだった。だがハーロウが背伸びして両腕を彼の首に絡め、自分のほうへ引き寄せた。二人の唇がぴったりと重なり、ナッシュは一瞬息をのみ、それからハーロウの甘さと熱さを堪能した。

彼の頭は何週間も前から混乱し、今もまだ混乱中だが、一つ確かなことがある。自分の人生に息子だけでなくハーロウも加えたい。それによって何が起きるかはわからないが、今後確かめていくつもりだ。

当面はデイヴィスと知り合うのがやっとで、ハーロウとの関係を深めるゆとりはない。けれども今この瞬間は、確かに彼女とのキスを満喫していた。

荒い息をつきながら、ナッシュはゆっくりと身を引いた。

今すぐ牧師のもとへ駆けつけて結婚したい。ハーロウも同じ気持ちになるまでキスを続けたい。ばかげた思いを振り払おうと、彼はかぶりを振った。

試合に臨める体と資産を取り戻すまでは、僕は四年前と同じ何一つ持たない若造にすぎない。自分の息子にも、恋に落ちかけている相手にも、与えられるものは何もないのだ。

# 16

ハーロウは物心ついて以来ずっと愛してきた男性を見つめた。頭がくらくらする。絶対に放さないとばかりに私を抱きしめ、熱いキスをした次の瞬間、彼は身を引いて平然とコーヒーをついでいるのだ。

「飲むかい？」ナッシュがマグカップを差し出した。

ハーロウはかぶりを振った。すでに彼のキスで月まで舞いあがっているのに、カフェインでこれ以上興奮するのは避けたい。聡明《そうめい》なはずの彼の頭は、いったいどうなってしまったのだろう。

「たった今起きたことは、なんだったの？」

ナッシュはちらりと魅惑の笑みを浮かべた。もう一度キスしたくなる笑みだ。「君にキスをしたのさ。君もキスを返してくれたはずだよ」

「そうだけど。そもそも、なぜキスをしたの？　少し前まで、二人とも相手に腹を立てていたのに」

ナッシュはマグを差し出したまま、しばし答えなかった。私同様、彼も戸惑っているのかしら。

「よく言うだろう？〝キスして仲直り〟って」

「つまり、今のキスは仲直りの印だったの？」ハーロウはコーヒーを受け取り、さらに尋ねた。

「それだけではないが。現在、僕はいろいろと問題を抱えているんだ。君には話せない問題をね。もし何も問題がなくて僕の好きにできるなら、もっと何度でもキスしたいよ。君は大切な人だから」

「私がデイヴィスの母親だから？」

「君がハーロウだから、子供のころからずっと大切に思ってきた人だからだ」

あの情熱的なキスのあとで〝親友〟とか〝相棒〟とか言われたら、鼻にパンチをお見舞いしていたわ。

「あなたにとって都合のいい女ということ？」

「まさか！　そんなこと、絶対に考えないでくれ。今、僕は大きな問題を抱えていて、君やデイヴィスをそれに巻きこみたくないだけだよ」

「もし話したければ、私は聞き上手よ」

「誰にも話せないくらい私的な問題なんだ」

私的な問題。たとえば、もう一人の女性の存在とか？　私だって、まったくの間抜けではないのよ。

「今のキスも、かなり親密で私的だったわ」

ナッシュは苦笑して、うなじをさすった。「ああ、確かに。君に謝るべきかな？」

「いいえ、謝らないで」

「よかった。僕は後悔していないからね。君は？」

ハーロウは頬を染めて、無言でかぶりを振った。後悔はしていない。でもそのキスがナッシュにとってはなんの意味もなかったことだけが残念だった。

飲みたくもないコーヒーを手に、相手への消えない思いを胸に、二人は互いを見つめ、キッチンに立ち尽くしていた。

なぜほんの数時間の間に、私のナッシュへの気持ちは怒りと恐怖からキスを交わすほどの熱情へと変わったの？　私の人生はすでに問題が山積みなのに、それに加えて頭までどうかしちゃったの？

とにかくナッシュを愛しているし、彼は今後も私の人生に関わってくる。そしてナッシュには別の女性がいるかもしれないけれど、私には彼しかいない。だから楽しめるときに楽しんだほうがいいわ。

ノックの音が聞こえて、ナッシュはハーロウの愛らしく紅潮した顔から居間へ目を移した。静かに、と唇に人さし指を当てる。今日はもうレポーターとは話したくない。いくらでもノックすればいい。

今は幼なじみから不意にそれ以上の存在に変わったこの女性にしか興味がない。なぜ変わったのかはわからないが、なんだかうれしくてわくわくする。もう一度キスを、と考えただけで体がうずき、デイヴィスとも自責の念とも無関係な理由でキスがしたいのだとはっきり気づいた。

ノックの音が大きくなり、声が聞こえた。「ナッシュ、開けてくれ。ジョナス・リングワルドだ」

「ジョナス？」高校時代のフットボールのチームメイトだ。父が心臓発作で急死したという恐ろしい知らせを聞いた夜も一緒にいた。それから二日間、ジョナスはずっと僕のそばを離れなかった。

その親友ともSNS上でたまにやり取りするだけだったのだ。ナッシュは後ろめたさを覚えた。

「もう帰るわ。彼と積もる話があるでしょう」ハーロウは手つかずのコーヒーをシンクに捨てた。

「待ってくれ。まだ話が終わっていない」

ジョナスがドアを何度も激しく叩《たた》く。

「帰るなよ」ナッシュはハーロウに指を突きつけた。

そもそも彼女は話し合うために来たのだ。甘いキスで僕を混乱させるためではなくて。

それに、二人の間に何が起きているのか解明するためにも一緒に過ごす時間が必要だ。

「ほら、行って。私たちの話はまたあとでね」

「ナッシュ、いないのか？」再びノックの音がした。

ナッシュはすまなそうに彼女を見てから、大股で玄関へ向かい、ドアを開けた。

「ジョナス、入ってくれ」二人は背中を叩き合って男同士の挨拶を交わした。「どうかしたのか？」

「それはこっちの台詞《せりふ》だ。フットボールのヒーローが牧場に帰ってきたって、町中大騒ぎだぞ」

ナッシュは顔をしかめた。ヒーローと呼ばれるのは好きではない。プロのアスリートもきつい仕事だが、本物のヒーローは警官や消防隊員や軍人だ。

「しばらく目立ちたくなかったんだが、噂《うわさ》が流れたらしいな」彼は手ぶりでジョナスに椅子を勧めた。

いつも笑みをたたえた青い目とプラチナブロンドの髪、やせた中背のジョナスは肘掛椅子に座った。

「怪我《けが》した試合をテレビで見たよ。肩の具合はどうだ?」

「だいぶよくなってきてる」ナッシュは腕をまわし、ハーロウは帰っただろうかと考えた。「ちょっと待っててくれるか? すぐ戻る」

客を残してキッチンへ急いだが、ハーロウの姿はすでに消えていた。意外ではなかったものの、がっかりした。あとで会いに行こうと心に決めて、ナッシュはコーヒーをいれ直した。

居間へ戻ると、持ってきたマグカップ二つをテーブルに置いた。「ブラックでよかったよな?」

ジョナスはうなずいて礼を言った。

「クリスタはどうしてる?」

ジョナスは高校時代の恋人クリスタと結婚して、サンダウン・ヴァレーに居を構えている。二人の結婚式を欠席したことを思い出して、ナッシュはまた後ろめたさを感じた。

「最近は、まあまあだ。妻は……ちょっと健康上の問題を抱えていてね。だが元気になってきてる」

「気の毒に。クリスタは本当にいい娘《こ》だ」

「ああ、最高だ。いつも人のために何かしている」

「おまえたち夫婦の家は、きっともう子供でいっぱいだな」ジョナスならいい父親になったはずだ。

友人の顔から明るさが消えた。「いや、まだ努力中だ。これまでのところは幸運に恵まれなくて。僕たちのために祈ってくれたら助かるよ」

「もちろん祈るとも」ほかになんと言えばいいかわからず、ナッシュは話題を変えた。「僕が送った試合のチケット、使わなかったな」

「行けなかったんだ。あの週末はクリスタが入院していたから。だがもう回復して、町中を駆けまわっているよ。何しろ今や町内会の会長だ。僕がここへ来たのは、妻の最新プロジェクトのためさ」

「よし、なんでも言ってくれ」チャリティオークションのためにサイン入りのフットボールか何か欲しいというなら、協力しよう。ジョナスのような友人のために一肌脱ぐのは気分がいい。

「サンダウン・ヴァレーのストロベリー・フェスティバルは覚えているだろう？」

「あの祭り、まだやっているのか？」

「年々盛大になっているよ」

「それはすごいな。昔は僕も楽しんだものだ。パレードや、苺《いちご》のスイーツや、移動遊園地。楽しい時間だった」ナッシュは笑みを浮かべた。

「そう言ってもらえてよかった。そこで、今年はおまえにパレードの先導役《パレードマーシャル》を務めてもらいたい」

「僕が？」ナッシュは早くもかぶりを振っていた。

「いや、実は今はいろいろ事情があって……」

ジョナスが身を乗り出して声を低めた。「ナッシュ、これまでおまえに何か頼んだことは一度もないよな。だが、この件は特別だ。ここ二年間、クリスタはつらい思いをしてきた。二回の流産。手術。さまざまな不妊治療。それでも子供はできない。そのことが妻の心をむしばんでいるんだ」

「気の毒に」高校時代、クリスタは多くの委員会活動に関わり、誰からも頼りにされていた。何かすべきことがあれば、いつも笑顔で率先して取り組んだ。善良で親切な娘だった。

「妻はこの祭りに精力的に取り組むことで、久しぶりに鬱状態から抜け出して笑顔を取り戻したんだ。もしおまえをパレードマーシャルに起用できたら、町にとって、クリスタにとって、そして僕にとって、どれほど大きな意味があるか、わかるだろう」

だが、ナッシュはフロリダへ戻る必要があった。

一方、もう何日かここにいて、自分の息子とよく知り合いたい気持ちもある。

しかしここで注目の的になるのは困る。今のところ、エージェントから連絡はない。スターリング・ドーシーは、僕がここにいると気づいていない。このまま優位に立ち続けることが重要だ。彼を疑っていると気づかれたら、財産を取り戻せなくなる。

とはいえ、これほど大切な頼みを断ったら、もう友人とは言えないだろう。

ハーロウはモンローを診療所まで車で送り、妹が脚の怪我を診察してもらう間に新聞を買おうと、町の新聞社に立ち寄った。

古い煉瓦《れんが》造りの建物の中で、新聞の発行人兼編集長のローレル・マクスウェルとカウンター越しにおしゃべりしたとき、ハーロウはローレルの指に光るオパールとダイヤモンドの婚約指輪に気づいた。

豪華な指輪を見て母の形見を思い出し、心の傷がちくりと痛んだが、友人の幸せに水を差すつもりはない。ハーロウは指輪をさして言った。「婚約したのね！　あなたを選んだ賢い男性は誰かしら？」

ローレルはかすかに頬を染めた。「イェーツ・トルードーよ」

「ブルーの瞳がすてきなイェーツ・トルードーね」

「ええ、私のかけがえのない人」ローレルは顔をほころばせた。

「あなたが彼について書いた記事を読んだわ。軍隊で負傷したとか。その後、具合はどう？」

「おかげさまで日々よくなっているわ」

「それで、結婚式はいつの予定？」

「まだ決めていないの。ところで、あなたの隣人が帰ってきたそうね。彼を見かけた？」ローレルは木製の長いカウンターを手でこつこつ叩き、いかにも新聞記者らしく町の最新ニュースを持ち出した。

「ナッシュは自分の牧場で、人目につかないようすごく気をつけていたわ。どうしてSNSに居場所をアップされるようなことになったのかしら。何か知ってる？」ハーロウは尋ね返した。

「それなら答えは簡単」ローレルが手を一振りすると、指輪のオパールやダイヤモンドが虹色の輝きを放った。「情報をリークしたのはジャニータ・ファンショーよ。彼女と、もう一人の十代の友人がナッシュの牧場の前を車で通り過ぎたとき、ナッシュがタイヤの間を走り抜けるトレーニングをしているところを目撃。写真を撮ってアップしたというわけ」

「ジャニータが？」

「ええ。今朝ジャニータのママがここへ来て、私を冷やかしていったわ。うちの十六歳の娘が、おたくの新聞を出し抜いてスクープをものにしたってね」

ローレルは笑みを浮かべながらも、目には競争心が燃えていた。「だからぜひともナッシュにインタビューをして、うちの新聞に記事を載せたいの」

ナッシュに盛大に謝ってもらわなくては、とハーロウは思った。彼はまだ私がメディアにリークしたと思いこんでいる。でも今、犯人は私ではないという証言が得られたのだ。

ローレルはまだ話し続けていた。「そうそう、さっきはクリスタ・リングワルドが来たわ。ストロベリー・フェスティバルの広告を新聞に載せたいと掲載料金を払いに来たの。ナッシュがパレードマーシャルを引き受けたんですって。知ってた？」

ハーロウはたちまち不愉快な気分になった。

ナッシュのところにジョナス・リングワルドが来たのは、そのためだったのだ。そして著名なアスリート、ナッシュ・コービンは、町のイベントの主役になりたがっている。別に意外ではなかったが、失望させられた。人目につきたくないと散々訴えていたけれど、やはり人の注目を集めたいんだわ。

それなら居場所をメディアにリークされたと私に腹を立てる筋合いはないじゃない。常にまわりからちやほやされたくてたまらないくせに。

「きっと彼のネームバリューで、町にたくさんの人を呼びこめるでしょうね」ハーロウはやっと言った。

「人も、お金もね」ローレルは見るからに有頂天だ。

「ナッシュが帰ってきただけで地元紙は飛ぶように売れるわ。ましてや、その新聞にインタビュー記事と写真が載れば、どうなるかは言わずもがなよ」

ナッシュのうぬぼれと自己満足のおかげで、少なくとも町は潤うわけだ。

　ハーロウはカウンターの端に積まれた新聞から一部を取り、代金をローレルに渡した。「婚約おめでとう。おしゃべりできて楽しかったわ」編集長に手を振って、ハーロウは新聞社をあとにした。

　昨日の朝は家畜小屋に押しかけてきたナッシュと言い合いになった。その後、彼の家を訪ねて驚いたことにキスをした。もう頭が混乱しすぎて、誰ともナッシュの話はしたくない。


　同日の朝、ナッシュはハーロウとモンローが留守のマシスン家を訪ね、ガスとデイヴィスと過ごしていた。そこにトルードー家のウェイドとボウイが現れた。二人は横倒しになっていたトラクターを起こし、故障はないかチェックしてから納屋まで運転していった。さらに、頼まれもしないのにナッシュを手伝って干し草をトラックに積みこみ、家畜の餌やりまですませてくれた。

　まだ肩が本調子ではないナッシュは、手を貸してもらえて本当に助かった。それに、ハーロウの果てしない仕事のリストを少し短くすることができてうれしかった。彼女を驚かせ、喜ばせたい。力仕事のあと、ナッシュと同じくらい長身のトルードー家の二人は、ガスの招きで家に入った。三人の大柄な男性と針金のように細いが強靭《きょうじん》なガス、おしゃべりな三歳児と行儀のいいコリー犬でキッチンは満員だったが、そこには笑いと友情があふれていた。必要なときは手を貸してくれる親切な隣人がいる暮らしだ。ナッシュは忘れていた田舎暮らしのいい面を思い出した。

干ばつや山火事や嵐など、どんな災害に見舞われても、友人と隣人がそばにいて支えてくれる。父が急死したときも、隣人たちと教会の助けがなければ、僕と母は牧場を失っていただろう。

本物の友人は必要なときに手を貸してくれる。フロリダで僕を取り巻き、ごまをすり、ただ利用するだけの〝新しい友人たち〟の多くは、僕が裕福な大物でなくなれば、いなくなるだろう。

今回、人生を見直して本当に大切なものを探し出すに当たって、その点はよく考えるべきだ。

一つだけ確かなことがある。マシスン一家は、特にハーロウとデイヴィスは本当に大切だ。

ボウイとウェイドが帰り、彼もここにいる理由がなくなっても、ナッシュはデイヴィスのそばを離れられなかった。自分の息子だと知る前から、この三歳児に心をつかまれていたのだ。真実を知った今では、少しでも長く一緒に過ごして息子をもっとよく知りたかった。

ナッシュはデイヴィスを膝にのせて、キッチンテーブルの前に座っていた。息子は父親の愛情をわかっているかのように、膝にのぼってきたのだ。

なぜこんなにも早く親しくなれたのだろう？　父と子のＤＮＡの中に二人を結びつける秘密があるのだろうか？　熱い塊が喉にこみあげ、ナッシュは咳《せき》払《ばら》いしたが感慨は消えなかった。

「フットボールをしてみたいかい？」彼はきいた。

クッキーのかけらがついた顔を上げて、デイヴィスはナッシュを見た。「ボール、持ってない」

「どんなボールでもいいんだ。何かないのか？」

「消防車はあるよ」

この子には蹴って遊べるフットボールが必要だ。

将来は、スポーツ用品をいろいろ買ってやろう。大量のフットボール用品も、バスケットコートもだ。そして多くの時間を親子で一緒に過ごす。

ただし、当面は何一つ買う金がない。しかも僕はフロリダ、息子はここオクラホマに住んでいる。ハーロウと子育てに関して話し合い、合意を得なくては。彼女はフロリダに引っ越すことを考えてくれるだろうか。まず無理だろうな。そもそもエージェントとの問題を解決して金を取り戻すまでは、ハーロウに尋ねることすらできない。

心配事はまたの機会に持ち越そう。今は息子との時間を楽しみたい。

デイヴィスはスポーツ用品を何も持っていなかったため、二人は消防車とレゴで遊んだ。その後、晴れて暖かくなってきたので、ナッシュは息子を外に連れ出し、タイヤのブランコで遊ぶことにした。

やっと動けるようになったガスも杖《つえ》に頼って外へ出てきた。ポーチに座り、ひ孫を見守っている。

「ポピー、見て。ほら、高い、高い」

デイヴィスは母親そっくりの向こう見ずだ。ブランコを速く高く揺らすほど喜ぶ。ナッシュはタイヤを吊《つ》っているロープをつかみ、えくぼを浮かべた愛らしい顔に顔を近づけた。「くるくるするかい？」

「する！」はしばみ色の目が輝いた。「ポピー、見てて。くるくるするからね」

「しっかりつかまってろよ」ナッシュはロープをくるくるときつく巻き、タイヤを思いきりまわした。

デイヴィスの子供らしい笑い声がはじけ、ナッシュの胸は愛で満たされた。これが僕の息子だ。これほどすばらしい子供を僕とハーロウは作り出したのだ。そう世界中に告げたかった。

まずはガスからだ。ナッシュはポーチに座る老人を見た。ガスはどんな反応をするだろう？

「お嬢ちゃんたちが帰ってきたぞ」ガスが私道のほうを指さした。

モンローのジープが家の前に止まり、助手席からモンローが降りてきた。その足はもう硬いギプス包帯で固定されていない。代わりに歩行用サポートブーツをはいていた。

彼女はブーツの足を上げて叫んだ。「ついに杖なしで歩けるようになったのよ！　仕事に戻れるわ」

「そろそろ戻ってもいいころだ。十分なまけたからな」ガスが言った。

モンローはポーチに上がって祖父の頬にキスをした。「あと二週間で、このブーツも不要になるとドクターに言われたの。本当にほっとしたわ」

買い物袋をいくつも抱えたハーロウがジープの陰から現れたので、ナッシュはブランコのロープを押さえた。「さあ、ママを手伝いに行こう」

息子をタイヤから下ろすと、ナッシュはハーロウに駆け寄り、買い物袋を受け取った。

「僕も手伝う！」短い脚をちょこまか動かして、デイヴィスが必死であとを追ってきた。

そのけなげな姿に胸を締めつけられ、ナッシュは軽い袋を一つ息子に渡した。「偉いぞ。君のおかげで、ママはすごく助かってるよ」

「うん」デイヴィスは袋を重そうに胸に抱え、よたよたと家へ向かった。

ナッシュも腕にたくさんの買い物袋を、胸にさまざまな思いを抱えて、みんなのあとから家へ入った。

「ローレル・マクスウェルから聞いたけど、ストロベリー・フェスティバルのパレードマーシャルを引き受けたそうね」ハーロウはキッチンで食料品をしまいながら言った。「絶対に人目につきたくなかった誰かさんが、大した心変わりだこと」

「友達のためだ」

「あら、そう」そんな言い訳は信じられないとばかりに、ハーロウは唇をゆがめた。

「もう居場所がばれてしまった以上、何かしてもしなくても同じだろう？　だったら、ここにいる間はみんなの役に立つことをしたほうがいいと思って」ナッシュは買い物袋からピーナッツバターの瓶を取り出した。「本当に友達のためなんだよ」

「もし私の言葉を信じてくれるなら、私もあなたの言葉を信じるわ」

例のSNSにアップした件で、ハーロウはまだ無実を主張したいらしい。彼女が僕を誤解しているように、僕も彼女を誤解しているのだろうか？

ガスが買った物の中からポテトチップスの袋を横取りして、パッケージをべりべりと開けた。「お嬢ちゃん、この坊主は嘘《うそ》はつかん。つまらんことで騒ぎ立てるのはよせ」

「そうとも。この見事な筋肉の下には善良な男が隠れているんだ」ナッシュはシャツの胸に手を当てた。

「うぬぼれ屋！」ハーロウはくすくす笑いながら、買い物袋を丸めてナッシュに投げつけた。

ナッシュも笑って肩を撫《な》でた。「気をつけてくれ。怪我してるんだぞ。君は腹が減ると正気を失うからな。サンドイッチでも作ってやろうか？」

「ここは私の家よ、おばかさん」

「誰の家でもサンドイッチは作れるさ。ほかに食べたい人はいるかい？　僕は腹ぺこだ」胃の不具合が治ってから、いくら食べても食べ足りないのだ。

「僕も、僕も」デイヴィスが隣に来てナッシュを見あげた。「手伝う？」

ナッシュは息子を片手で抱きあげ、カウンターにのせた。「二人とも手を洗って」ハーロウが指示を飛ばす。キュートな仕切りたがり屋だ。

ナッシュは食パンにピーナッツバターを塗り、デイヴィスがその上にグレープジェリーを絞り出した。

「ローレルからは、違う話も聞いたわ」ハーロウがナッシュの腕を軽くパンチして言った。「あなたの居場所がSNS上に拡散した件には、ジャニータ・ファンショーが関わっていたそうよ」

ナッシュは顔をしかめた。「僕は、そのジャニータ・ファンショーを知っていたかな？」

「彼女は、あなたを知っているわ。この町のティーンエイジャー全員が知っている。そして私ではなくジャニータが、古タイヤを並べたコースを走り抜けるあなたを見かけて、自分が利用しているSNSすべてに大ニュースをアップしたわけ」

「ジャニータが？」ナッシュは何度かまばたきした。

ハーロウの言葉の意味が徐々にのみこめてきた。

「そう、彼女がアップしたの。もし私を信じられないなら、ローレルに電話してみたら」ハーロウは自分の携帯電話をナッシュに突きつけた。

ハーロウは激怒している。激怒して当然だ。

僕の息子の母親は、思っていたとおり、信頼できる女性なのだ。ナッシュはうれしくてたまらなかった。と同時に、自分の頭を壁に打ちつけたくなった。

僕は無実の女性を怒鳴り、非難し、脅したのだ。

「謝らなきゃいけないよね？」そのあとは、昨日のようにキスして仲直り、だといいが。

ハーロウは鼻で笑い、両手を腰に当てて居丈高に言った。「むしろ土下座してもらいたいくらいよ」

ナッシュはできたサンドイッチをデイヴィスに渡すとまた息子を抱きあげ、カウンターから下ろした。

「ほら、食べてごらん。すごくおいしいぞ」

それからハーロウに向き直った。

「ちょっと外で話せないかな？」

「なんのために？」

「土下座するため、かな？」

「オーケイ。それなら、外に出ましょうか」

ナッシュはにっこり笑い、改悛《かいしゅん》の情を示すためにハーロウを連れて外へ出ていった。

パレードの日がやってきた。カイアミシ山麓にようやく春が訪れ、牧草が芽吹き、レンギョウやチューリップの花が開いた。松や杉の濃い緑に沈んでいた山も丘も、ハナミズキの白やハナズオウの赤紫に彩られている。

春は牧場にとって忙しい季節だが、ハーロウは春が好きだった。その暖かさも、咲き誇る花々も、跳ねまわる子牛たちも大好きだ。春は希望の香りがする。厳しい冬を乗り越え、大地は再び新たな命をはぐくむのだ。

そして、たとえ対処すべき仕事を山ほど抱えていようとも、ストロベリー・フェスティバルの一日はハーロウも楽しむことにしている。

ここ三日間、ナッシュは祭りを盛りあげるさまざまな活動に参加していた。地元の、そして全国ネットのメディアがサンダウン・ヴァレーに押し寄せ、ナッシュ・コービンにつきまとった。

ナッシュは笑顔で握手をして、差し出されるものすべてにサインをした。忙しすぎて、ハーロウと一緒に苺のスムージーを楽しむ時間さえなかった。

そして今日この瞬間、親子三人はパレードの先頭に立ち、行進の開始を待っていた。ブラスバンドが音慣らしを始めた。ドラムが鳴り響き、チューバの重低音が流れると、たてがみとしっぽに色とりどりのリボンを編みこんだ馬たちが後ろ足で飛び跳ねた。

今年、ハーロウはバーに乗ってパレードに参加するのを久しぶりにやめた。著名な父親と一緒に初めて山車《フロート》に乗る息子のサポートに専念するためだ。

デイヴィスは父親と同じブルーとオレンジの横縞《よこじま》のジャージを着て、チームのキャップをかぶっている。まさにナッシュのミニチュア版だ。そして興奮のあまり、呆然《ぼうぜん》と母親の手にしがみついていた。

「用意はいいかい？」周囲より頭一つ高いナッシュ

が、いかにもセレブらしく押し寄せるファンをかき分けて、息子に手を差し伸べた。

デイヴィスは母の手を放し、父の手をつかんだ。

ナッシュはハーロウを見てウインクした。ハーロウは笑みを返した。

驚いたことに、ナッシュは笑みを浮かべたまま身をかがめて彼女にすばやくキスをした。

カメラのシャッター音が聞こえた。きっと私とデイヴィスは憶測の的になるだろう。

それをどう感じるのか、自分でもよくわからない。

ナッシュはデイヴィスを抱きあげ、フロートの巨大な苺型の王座に座って息子を膝にのせた。たくましい腕を細いウエストにまわし、耳元で何かささやきながら遠くに見える移動遊園地を指さす。

デイヴィスは熱心にうなずいて、ヒーローにあこがれる目で父を見あげた。

父と子の強い絆《きずな》を垣間見て、ハーロウは目頭が熱くなった。ナッシュの顔や振る舞いににじむ息子への愛情は、否定できないし憎めない。デイヴィスの人生には父親が必要だし、いて当然だ。

息子との面会や養育費に関してはフロリダでの問題を解決してから決めたい、とナッシュは言った。ハーロウがお金はいらないと断言しても、責任を果たさない父親にはなりたくないと言い張る。

いつかデイヴィスをフロリダへ連れていきたいとも話していて、ハーロウはそれが気に入らなかった。息子には自分の目の届く範囲内にいてほしい。

でも強く反対すれば、ナッシュはお金に物を言わせて私からすべてを取りあげるかもしれない。

彼がそんなふうに私を傷つけるはずがないと思う一方で、例の投資で一家が受けたダメージがよみがえり、最悪の事態を恐れずにいられない。

私の希望で、ナッシュがデイヴィスの父親であることは祖父にも息子にもまだ話していない。もっとも、ポピーはすでに察している気もするが。

どんなに秘密のままにしておこうと努めても、世間はあれこれ勘繰るだろう。

好奇の目にさらされる覚悟はできているの？

旗手とともにパレードを先導する高校のブラスバンドが《星条旗よ永遠なれ》を演奏し始めた。旗手の一人はイェーツ・トルードーだ。相棒の元軍用犬を従え、誇らしげに国旗を掲げて行進していく。

モンローも旗手として加わるよう誘われたが、顔のやけどを気にして断ってしまった。

妹のトラウマを思うと涙がこみあげ、ハーロウはまばたきして涙を払った。

ナッシュとデイヴィスを乗せたフロートが、ゆっくりと少しずつ動いて所定の位置についた。

ハーロウは群衆を押し分け、道を進み始めたナッシュのフロートのあとをなんとかついていった。

スピーカーからは、今年のパレードマーシャルとしてナッシュを紹介するアナウンスが何度も流れた。今日一日、彼がさまざまなイベントに登場してサインもすると予告されるたび、群衆は歓声をあげた。

ハーロウの胸は誇らしさではちきれそうだった。

やがてパレードが終わり、ハーロウはデイヴィスを移動遊園地へ連れていった。ナッシュは別のイベントに出るため、祭りの実行委員に連れ去られた。彼は作り笑いを浮かべつつ、ハーロウのほうに首を伸ばし、〝ごめん〟と口だけ動かして言った。

ナッシュはイベントを抜け出してハーロウと息子と三人で過ごしたがったが、それは叶《かな》わなかった。

日が暮れるころにはデイヴィスは疲れ果てて陽気さを失い、そんな息子を連れてハーロウは家へ帰った。そして彼女はひどくがっかりしていた。

# 17

フットボールフィールド脇の小さなトレーラーハウスで、ナッシュはコールスローとインゲン豆を添えたスパイシーな牛焼肉を楽しんでいた。今日初めてのまともな食事だ。今日はほとんどハーロウと一緒に過ごせなかった。残念だが意外ではない。公的なイベントに出ると、自分の時間もプライバシーもすっかり奪われてしまうのだ。

わかってはいたが、やはり昔のようにハーロウと手をつないで観覧車に乗りたかった。お化け屋敷の暗がりでキスをしたかった。フットボールを投げて賞品を取るゲームで、彼女とデイヴィスそれぞれにテディベアをプレゼントしたかった。

単純な楽しみと甘い思い出をハーロウとデイヴィスに贈りたかった。だが心の奥底で望んでいるのは、観覧車やテディベアほど単純ではない何かだった。

ナッシュはディナーロールをかじりながら、目の前の男性、ピートの話を聞いていた。ナッシュの大ファンであるピートは、あこがれのスター選手とのディナーを抽選で勝ち取ったのだ。ピートのようなファンがいなければ自分は何者にもなれないとわかっている。だからナッシュは彼の話に集中した。だが本当は、我が家でハーロウと過ごしたかった。

おかしなことに、ほかのどこでもない、四年前に逃げ出した牧場が再び我が家になっていた。

たぶん息子とハーロウがここにいるからだろう。

「一緒に写真を撮ってもらってもいいですか？　息子に見せたいんです」ピートが言った。

「もちろん」ナッシュは立ちあがり、ピートの隣に立った。同席していた祭りの実行委員が写真を撮る。

「息子さんも来ているなら、一緒に撮りましょう。ここへ連れてくればいい」

「えっ？　本当にいいんですか？」

「全然かまいませんよ」

ピートは脱兎《だっと》のごとくドアから飛び出していった。ナッシュは食事を終え、ピートが二人の少年を連れて戻ってきた。ナッシュは笑顔で自分の役割を演じ、少年たちを魅了した。だが一方で、早く終わればいいのにと思っていた。

少年それぞれにサイン入りのチームキャップを渡し、いつも応援ありがとうと礼を言う。その間も、実行委員が写真を撮りまくっていた。

幸運な三人組が満足して帰っていくと、別の男が現れた。高価なスーツを着てイタリア製の革靴をはいている。ナッシュの全身が緊張にこわばった。

ついにエージェントのスターリング・ドーシーが彼を見つけたのだ。

「ナッシュ、ずっと連絡を取ろうとしていたんだぞ。携帯電話が壊れたのか？」

はらわたが煮えくり返ったが、ナッシュはなんとか心にもない歓迎の表情を浮かべた。「やあ、スターリング。どうしてた？」僕の金をどこへやった？

「それはこっちがききたいよ。なぜ急に姿を消したんだ？　ここがどれくらいド田舎かわかっているのか？　来るだけで一苦労だ」

ナッシュはスターリングの横柄な態度を無視した。彼は超一流のエージェントだ。有能なら態度はどうでもいいと思っていた。彼の贅沢《ぜいたく》な暮らしがクライアントからかすめ取った金で成り立っていると知るまでは。契約した歩合以上の金を、僕のように間抜けなクライアントの口座から引き出していたのだ。

「肩が治るまで一人になって休養したかった」

「それはわかる。だが連絡が取れないのは困る。商売繁盛でね。儲《もう》かる話をいろいろ進めてるんだよ」

儲けはおまえのものだろう。「どんな話だ？」

スターリングは二十ドル札をボランティアスタッフの若い女性に差し出し、ウインクした。「ハニー、飲み物を買ってきてくれ。釣りは君にやる。急がなくていい。ナッシュと僕は仕事の話がある」

「彼女を追い払わなくても」ナッシュは言った。

「いいえ、かまいません。買ってきます」女性は金を受け取り、出ていった。

「スターリング、ここにいる人たちに失礼な態度をとるな。みんな僕の友達なんだから」

「失礼だったか？　二十ドルもやったのに。いずれにしろ、こんなド田舎の連中にどう思われようとどうでもいいさ」

「僕にとっては、どうでもよくない」

スターリングはナッシュの口調が急に変わったことに気づかなかったらしい。あるいは気づいているのに気にも留めないのか、彼は話し続けた。「この祭りの仕事で、いくらもらった？」

スターリングにとっては金だけが重要なのだ。そこでナッシュははっと悟った。自分も同じだったと。

「金はもらっていない」

エージェントはちっと舌を鳴らし、かぶりを振った。「これだから僕がついていなきゃだめなんだ。いいか、よく聞け。行方不明は名案だった。君は時の人となり、ますます引っ張りだこだ。スポンサー連中はみんな君を欲しがっているぞ」

冷静に考えろ、とナッシュは自分に言い聞かせた。スターリングの態度に怒りをかき立てられずに、金を取り戻すことに集中しなくては。

この気楽な態度からして、彼は僕が横領に気づいたとは思っていない。もし今スポンサーから出演を持ちかけられているコマーシャルの契約金がスターリングの言うとおりの額なら、ハーロウとデイヴィスを養うくらいの金は取り戻せる。交渉中の件は全部引き受けよう。ただし、今回はエージェントを通さない。自分のビジネスは自分で処理するのだ。

翌朝、ハーロウがデイヴィスの朝食の準備を終えたとき、つややかなベンツが私道に止まり、ナッシュが助手席から降りてきた。

「ナッシュ！」デイヴィスはトーストを投げ捨て、家から飛び出して大柄なアスリートの脚に体ごと突っこんだ。

ナッシュは片手で軽々と息子を抱きあげた。

昨日パレードが終わってから、母と子はナッシュに会っていなかった。離れて二十四時間も経《た》っていないのに、ハーロウもデイヴィスも彼が恋しくてたまらなかった。

息子のあとを追って外に出たハーロウは、突然現れた高級車に胸騒ぎを覚えた。

ナッシュはフロリダへ帰ってしまうのかしら。私たちはまだ何も決めていないのに。

ここ数日のナッシュの振る舞いを見れば、私に友情以上の気持ちを、そしてデイヴィスに愛情を抱いているのは明らかだ。

でも私たちは、これからどこへ進むのだろう？

それに例のマルチ商法まがいの投資の件をまだ謝ってもらっていない。ナッシュは私の困窮を知っているし、その理由もわかっているはずなのに、なぜ黙っているの？　彼がそれほど無情だとは思えない。でもなぜか怪しい投資を勧めたことなどなかったかのように振る舞っている。

何かがおかしい。ぜひともナッシュにききたいが、今は知りたくない気もする。昔以上に深く彼を愛している今、そして彼は裕福で有名になったけれど、昔と同じすばらしい人だと思える今、真実を知るのが怖い。ナッシュは友達を傷つけて平気な人ではないのに、後悔しているようには見えない。

私は愛するがゆえに、彼の真実の姿に目をつぶろうとしているの？

「ハーロウ、ちょっと話せるかな？」

ナッシュに声をかけられ、ハーロウの胃は緊張と不安で引きつった。ナッシュはデイヴィスの頭にキスをして地面に下ろすと、彼女と目を合わせた。

「フロリダへ戻ることにしたよ」

「今日？　今すぐに？　でも――」

彼は手を上げて、ハーロウの言葉をさえぎった。

「ああ、まだ話し合っていない件がある」

デイヴィスはナッシュの足元に立ち、ひたむきな表情で見あげた。「また帰ってくる？」

ナッシュはつばをのみこんでしゃがんだ。「帰ってくるとも。できるだけ早くね」息子を優しく引き寄せ、しばらく胸に抱いてから咳払《せきばら》いした。「ママを大事にするんだぞ。オーケイ？」

「オーケイ」

すっくと立ちあがった百九十三センチのナッシュの前だと、ハーロウは自分が小人になったように感じた。その堂々たる体躯《たいく》がずっと好きだった。一緒にいると、守られていると思えたから。

でも今は不安しか感じない。それでもナッシュが両腕を広げると、ハーロウはそこへ入っていった。彼の腕の中は安心できる居場所だから。以前はそうだったから。またそうなってほしい。

彼の大きな心臓の不規則に打つ音が耳に響いた。

「必ず帰ってくる」ナッシュはまた言った。

「約束する？」でも彼の約束を信じるのが怖い。

「ああ、約束する。フロリダで何が起きようと、ここへ帰ってくるよ」

そう、息子がいるから帰る必要があるのね。

ベンツの窓が開いた。「ナッシュ、そろそろ切りあげろ。飛行機に間に合わなくなるぞ」

ナッシュはハーロウの頬にキスをして、彼女が身を引かなかったので、さらに唇にもキスをした。

それから高級車に乗って、前回と同じく、彼女と息子を朝の牧場に残して去っていった。

春のそよ風が吹く快い季節なのに、ハーロウは一月の氷雨に打たれたような冷たさを感じた。ベンツの運転手には見覚えがあった。ナッシュは彼のエージェントと、ナッシュの勧めだからとポピーに過剰な投資を促した張本人と、一緒に去っていったのだ。


その後の二日間、ナッシュは目がまわるほどの忙しさだった。まずはコマーシャル出演を依頼してきた有望なスポンサーすべてと会い、スターリングからはすぐに契約するようせかされたが、折り返し連絡するので少し待ってほしいと全員に告げた。

相手は優良企業ばかりで、どれも条件のいい話なので契約をためらう理由はなかった。だがスターリングを出し抜き、彼の汚い手が契約金の小切手に触れるのを阻止する必要があった。

二日目には有能だと評判の一流弁護士に依頼して、資産の流出とエージェントの関連を暴くための調査を開始した。弁護士からは銀行口座を凍結し、エージェントを解任するよう助言された。前者はすでにすませていたが、後者は一苦労だった。それでもなんとかスターリングに解任の本当の理由を悟られることなく、円満に辞めてもらえた。下劣なエージェントは間もなく裁判所の召喚状を受け取り、事情を知ることになるだろう。

その夜、一連の会議や電話連絡、チームのコーチやオーナーとの長時間の話し合いを終えて、ナッシュはコンドミニアムに戻った。明日からは、チームの療法士のもとで肩のリハビリを開始することも決めた。今夜は、ただハーロウと話したい。

たった二日離れただけで彼女が恋しくて、文字どおり胸が痛んだ。ハーロウも同じ気持ちだろうか？

急に去った僕に腹を立てているだろうか？

最後に見た美しい顔には失望が浮かんでいた。また彼女を傷つけてしまったのだ。故郷を発《た》つ前には話せなかったさまざまな問題を打ち明けられる日が来たら、僕を許してくれるだろうか？

電話をかけようと取り出した携帯電話には、昔のハーロウの写真が残っていた。ずっと取っておいたなんて妙な話だ。いや、妙ではないかもしれない。忙しすぎて頭で考える暇はなかったが、心の底ではいつもわかっていたのかもしれない。

写真のハーロウは、僕の家でポーチの階段に座り、まさに喜びに輝いている。あの日、二人は僕の夢が叶《かな》いそうだという話をしていた。そう、僕の夢が。

彼女にも彼女の夢があったのに、いつも僕の夢を大事にしてくれた。僕が成功するずっと前から、僕の才能を信じてくれていた。

あのころからハーロウは僕を愛していたのに、僕は自分の夢にかまけて気づかなかった。彼女が今も僕を愛していると信じたい。その希望が熱気球のように熱くナッシュを満たし、空へ舞いあがらせた。

ハーロウにここにいてほしかった。彼女とデイヴィスをディズニーワールドや海へ連れていきたい。ハーロウは海を見たことがないのだ。

「ハーイ、ナッシュ」電話がつながり、ハーロウの声が温かなシャワーのように彼に降り注いだ。

「やあ、そっちはどんな調子だい？」

「まだあなたのことで大騒ぎよ。今日も記者が何人か現れて、あなたの家はどこかきかれたわ。フロリダだと答えておいたけど」彼女は笑った。

「賢い答えだ」彼も笑った。「君とデイヴィスは元気かい？　何も問題はない？」

「私たちは大丈夫。あなたの問題は片づきそう？」

「頑張って取り組んでいるよ。聞いてくれ。いい話がある。テレビコマーシャルとか、雑誌広告とか、とても儲かる契約が三件も決まりかけているんだ」

「よかったわね」彼女の声は不意に沈んだ。

「なんだか、うれしそうじゃないな」

「あなたがうれしいなら私もうれしいわ。いつまでそっちにいるの？」

ああ、それでか。「すぐ帰ると約束しただろう」

「いつ帰ってくるの？　デイヴィスに毎日きかれるのよ。あの子はあなたに夢中だわ。ナッシュ、どうか純真な幼い子供を見捨てないで」

その懇願は彼の心を切り裂いた。ハーロウは相変わらず僕を信じていない。僕を愛してはいても、自分たち親子がまた見捨てられると思っているのだ。

フロリダへ戻ったナッシュから、ハーロウは三度電話をもらった。メールは数えきれないほど来た。これからリハビリを受けに行くところだとか、肩の調子がいいとか、チームドクターに来シーズンはプレーできると言われたとか。保険会社のテレビコマーシャルに出演が決まったというメールもあった。

ところが、〝今から友人とディナーに行く。あとで電話する〟というメールをもらった夜、彼からの電話はなかった。ハーロウはどんなに頑張っても、彼のSNSをのぞき見る誘惑に勝てなかった。

そして最も恐れていたことが現実になった。

そこには、美人と腕を組んで例の魅惑の笑みを浮かべ、ここにいたときよりずっと幸せそうなナッシュの姿があった。彼には私やデイヴィスとは無関係の華やかな暮らしがあるのだ。そしてそこには、私の予想どおり、とても美しい女性がいた。

胃が引きつれ、ハーロウは吐きそうになった。

自分がナッシュのような男性の心を勝ち取れると信じるなんてとんでもなく愚かだった。彼は自分の息子を大切に思い、その母親に優しくしてくれた。私たちの関係はそこに始まり、そこで終わった。

ナッシュは決して私が彼を愛するようには私を愛してはくれないのだ。

フロリダで、ナッシュはひたすら惨めだった。寂しくてたまらず、ほんの数日でもサンダウン・ヴァレーに帰るため、必死で仕事を片づけた。どうせすぐにフロリダへ戻らなければならないとわかっていても、故郷へ帰りたいという欲求に逆らえなかった。ハーロウに伝えたいことが多すぎて、電話で話している場合ではなかったのだ。

弁護士のミッキー・エイブルマンは、いろいろな情報網ややり手の調査員を駆使して、スターリングがナッシュから、そしてほかのアスリートからも大金を横領していた事実を確認し、回収可能な金を取り戻すべく法的措置を開始した。だが狡猾《こうかつ》なスターリングは、横領した金の大半を海外の口座へ移していた。それでもヨットや何台もの高級車、株券など国内にもまだ多くの資産を所有している。ミッキーはエージェントの国内にある口座をすぐさま凍結するよう、訴訟を起こした。

一方、ナッシュは三件の新たなスポンサー契約のおかげで破産状態からは脱却できそうだった。ただし以前の資産をすべて復元するには時間がかかるだろう。というのも、スポンサーから最初に受け取る契約金の前金は、もう使い道が決まっているのだ。

金曜日の早朝、ナッシュはタクシーで空港へ急いだ。火曜日にはフロリダへ戻り、リハビリを再開し、保険会社のコマーシャル撮影に臨む約束になっている。きつい日程だが、とにかくこれ以上ハーロウとデイヴィスに会わずにいるのは耐えられない。数日でも実際に会うほうが、ビデオ通話よりはましだ。

タクシーの車内から、彼はハーロウにメールを送った。〝そちらへ向かっている。もうすぐ会える〟

ほどなく返事が来た。〝デイヴィスが会いたがっているわ〟

彼は折り返した。〝君はどうなんだい？〟

今回、返事はなかなか来なかった。空港に着き、タクシーを降り、空港内の雑踏に足を踏み入れ、やっとメール着信音が鳴った。

〝こっちへ着いたら会いましょう〟それだけだ。不満だったが、二人は永遠の愛を誓い合った仲ではない。僕はいったい何を期待していたんだ？

チェックインして保安検査をすませ、搭乗口に座っていると電話が鳴った。

弁護士からだ。

「ミスター・コービン？　ミッキー・エイブルマンです。悪い知らせがあります」てきぱきと挨拶抜きで用件に入る。いかにも辣腕弁護士らしい。「あのエージェントはマルチ商法にも加担していました。疑うことを知らない善人にありもしない多額の利益を約束し、投資を促していたのです」

「僕はそんな誘いを受けた覚えはないが」

「彼はあなたには秘密にしていましたから。ただ、被害者の一人があなたの関係者でした。息子さんの母親の家族です」

弁護士には守秘義務があるので、ナッシュは安心してデイヴィスの養育費を払う計画を相談していた。

「つまり、スターリングはマシスン一家をだまして金を巻きあげたのか？」

「はい。あなたの名前を使い、ナッシュもやっている合法的な投資だと納得させ、さらに自分は彼に頼まれて勧誘に来たと明言したんです」

ナッシュはうめき声をあげた。自分のエージェントがハーロウと家族をどれほどひどい目に遭わせたか考えただけで胸が悪くなり、思わず歯ぎしりしながら言いかけた。「あいつをこの手で――」

「ナッシュ、あなたの弁護士としてご忠告します」

ミッキーはてきぱきと鋭くさえぎった。「制裁は司法に任せ、あなたは手を汚さないこと。私はこの道のプロです。彼には必ず代償を支払わせます」

もっともな忠告だとわかっていたが、従うのは容易ではなかった。それでもどうにか言った。「わかった。とにかく、あいつに制裁を加えてくれ」

「承知しました。喜んでやらせていただきます」

「それで、マシスン一家の被害額は？　正確な数字を知りたい。この問題は僕が解決しなくては」

弁護士はため息をついた。「スターリングは一家の財産を根こそぎだまし取った上、牧場を担保に借金するよう仕向け、その金も奪いました。結局一家は借金を返済できず、牧場を二番抵当に入れ、二重の借金に苦しんでいるありさまです」

ナッシュは顎をこわばらせ、片手を握りしめて低い声で尋ねた。「それで、総額はいくらだ？」

ミッキーの答えを聞いて、彼の胸は張り裂けた。

僕の勧めだと言われなければ、ガスは決してそんな詐欺に引っかからなかっただろう。自分が大切に思っている一家を気づかないうちにひどく傷つけてしまったと知って、ナッシュは打ちのめされた。

ハーロウには僕を憎む理由がいくつもあったのだ。それでも彼女は僕を見捨てなかった。僕にとっては、彼女を愛する理由がまた一つ増えたわけだ。

ハーロウが最初僕に冷たかった理由も、母親の形見の指輪を売った理由も今ようやくわかった。

ハーロウもガスも、なぜ黙っていたんだ？

ナッシュが乗る便の搭乗案内が流れた。彼は電話を終え、飛行機に乗りこんで席についた。頭の中ではさまざまな考えが渦巻いていた。

なんとかしてこの件を正し、ハーロウと、そしてマシスン一家との関係を修復しなければならない。

# 18

夜になってもナッシュは現れなかった。ハーロウはメールを送ったが、返事はなかった。

　きっとまだ機内か、山道を運転中で携帯電話がつながらないのだろう。たぶん今日はもう会えない。

　ハーロウは彼のことを考えないよう努めた。

　だが正直に言えば、心配で落ち着かなかった。アトランタでの乗り継ぎ待ち時間にもらった短い電話で、ナッシュは重要な話があると言ったのだ。その声はどこか変だった。

　デイヴィスとの面会について早く取り決めたいと焦っているのか、あるいは弁護士と相談した結果、やはり親権を要求したくなったとか？

　いいえ、ナッシュがそんなことをするはずがない。ハーロウは不安を抑えこんだ。彼がフロリダへ発《た》つ前の数日間で私たちの気持ちはずいぶん近づいた。親権争いはしないと約束もした。約束は守るだろう。

　そう信じなければ、頭がどうにかなりそうだ。

　アトランタを発つ前、最後にくれたメールは〝愛している〟という言葉で終わっていた。短いひとことだが、私が大人になってからずっと聞きたいと願い続けた言葉だ。

　重要な話とは、私とデイヴィスを愛していて、三人で一緒に暮らしたいということだろうか？

　でもそれはありえない。彼がブルネット美人と一緒に写っている写真を見たのだ。ナッシュは二股をかけるような男性だったの？

　そんなことは信じたくない。あのメールは、私を、私だけを愛しているという意味だと信じたい。

　一種の友情のような愛かもしれないけれど。

ハーロウは手のひらのつけ根で額を叩《たた》いた。本当に頭がおかしくなりかけているわ。

「さあ、寝る時間よ」彼女はデイヴィスを抱きあげた。「まあ、重くなったこと。もうお兄さんね」

去年の秋に買ったパジャマの裾から伸びた脚がのぞいている。ハーロウは胸を締めつけられた。

成長していくこの子にはナッシュが必要だ。

そして私にも。

息子のベッド脇で、ハーロウは絵本を読み聞かせた。デイヴィスは聖書の中の物語が好きだ。今夜は預言者ダニエルがライオンの穴に投げこまれた話を読んだ。デイヴィスは神の使いに口をふさがれたライオンに扮《ふん》して、子猫のようにごろごろと喉を鳴らすまねをしてみせた。

息子のそんな愛らしい仕草を見るたび、ハーロウは幼いころのテイラーを思い出した。

デイヴィスを寝かしつけて自分の寝室へ戻ると、ハーロウは末の妹に電話をかけた。

「ハーイ、姉さん。私は元気よ。心配じないで」テイラーは息をはずませ、笑いながら言った。

「今日はどこにいるの？」

「ええっと、ここはどこだっけ？」

「テイラー！」

「姉さん、落ち着いて。冗談よ。私たち、ニューオーリンズにいるの。ものすごくすてきなところ！」

「私たちって？」

「ああ、ただの友達。そっちはみんな元気？」

「モンローはギプスから解放されたわ」

「よかったじゃない。ポピーはどうしてる？」

「あなたを恋しがってる。もう年だから――」

「姉さん、小言はやめてね。ポピーには大好きと伝えて。もう行かなきゃ。別れのキスを贈るわ」ちゅっとキスの音がして電話は切れた。

ハーロウは携帯電話をポケットにしまい、自由奔放で予測不能で、自立するには世間知らずすぎる妹のために祈った。それから洗濯物をたたもうと階段を下りていった。

お決まりの雑用。私は華やかな暮らしとは無縁だ。町へディナーに出かけることも、高級車を乗りまわすこともない。ナッシュとは住む世界が違う。

一階ではモンローがソファに座り、横に置いた洗濯かごの中身をテレビを見ながらたたんでいた。ハーロウも隣に座り、息子のシャツをたたみ始めた。テレビがついていたので、二人とも車が止まる音が聞こえなかった。ふと気づいたときには、ナッシュはもう玄関ドアの前に立っていた。

なぜか彼は別れた数日前よりさらにハンサムに、さらに愛《いと》おしく見えた。グレーのパンツと黄色のボタンダウンのシャツにグレーのジャケット。いかにも成功したセレブらしい、しゃれた装いだ。

ドアを開けるハーロウの心臓は、カンガルーのように飛び跳ねた。笑顔のナッシュに抱き寄せられ、進んでその腕の中に入ると、男らしくセクシーな高級コロンの香りが彼女を包みこんだ。

「やあ」彼はハーロウの顎に指を当てて上向かせ、軽くキスをしてにっこり笑った。

「ハーイ、ナッシュ。なんだかうれしそうね」ソファに座ったまま二人を見つめているモンローを意識して、ハーロウの顔は髪と同じくらい赤くなった。

「君に会えてうれしいのさ。だが別件で動揺している。君たち全員と話したい。ガスはどこだい？」

「たぶん自分の部屋よ。大事な話なら呼んでくるわ」モンローが立ちあがった。

「ああ、とても重要な話だ」ナッシュは持ってきたファイルフォルダーをコーヒーテーブルに置いた。

「ハーロウ、すごく会いたかったよ。君も僕が恋しかったかい？」

「ええ、ロミオに恋するジュリエットさながらにね。

もう胸にナイフを突き立てる寸前だったわ」

「相変わらず口が減らないな」

ハーロウはナッシュに大きな笑みを向けた。彼を前にすると、不安や疑問は消えてしまうようだ。

ナッシュがもう一度彼女にキスをしたとき、祖父とモンローが部屋に入ってきた。

ナッシュは笑顔でハーロウの手を引き、並んでソファに座った。残りの二人も椅子に座ると、彼は真顔になって話し始めた。「こちらの一家に不正を働いた者がいると、最近知りました。しかもそれは僕の指示で行われたことになっている。だが、違う。僕はその不正行為に関与していない」

マシスン家の三人は、ハーロウも含め、黙ってナッシュを見つめた。投資詐欺の件は彼のほうから言い出さない限り、口にしないと決めていたから。

「四年ぶりに帰郷して理由をきかれたとき、僕は一人になって静かに休みたいからだと答えた。それは本当です。でも実は、ほかにも理由があった」

「続けてくれ」祖父が言った。

「僕のエージェント――元エージェントのスターリング・ドーシーは、こちらを訪れ、僕の指示で一生安泰に暮らせる投資話を持ってきたと嘘《うそ》をついた」

「あなたは指示していないということ？」ハーロウはナッシュの表情を読もうと彼に向き直った。

「僕は、君たち一家に怪しげなマルチ商法を勧めるようなまねは絶対にしない」

「それなら、なぜ彼はここに来たの？　私たちの家をどうやって見つけたの？」

「ハーロウ、君のために僕が教えたんだ。例の件があって、君の体が心配だったから」

ハーロウはまた赤面した。「ナッシュ、率直に話して大丈夫よ。デイヴィスのことなら、モンローはとっくに知っているわ」

「わしだって知っとる。何しろ、このお嬢ちゃんが人生で愛した男は一人だけだ。ほかの男の子供を産むはずがない」ポピーがぶっきらぼうに言った。

「それなら、なぜ黙っていたんです？」ナッシュがきいた。

「わしは口を出す立場になかった。何事も、神が善処してくださる。わしが下手に動く必要はない」

「あなたのエージェントは、あなたが忙しすぎて大物すぎるから、私たちみたいな名もない一般人と関わる暇はない、と言いたげな口調だったわ」

「ハーロウ、君は僕をよく知っているじゃないか。そんな言葉にだまされたりしないはずだ」

「ええ、知っているつもりだった。でもあなた本人からはいっさい連絡がなく、代理人をよこしただけ。成功は人を変えるものだから」特に、ナッシュの子供を宿していると気づいて私がつらく心細かったときに、あのエージェントは現れた。だからその言葉を信じてしまった。「あの投資話は、あなたの新しい華やかな人生から私を、私たち一家を切り捨てる代償だ、とほのめかされたの」

「すべて嘘だ。ハーロウ、あいつが君たちに言ったことは全部でたらめだよ。僕が彼を行かせたのは、君が何か困っていないか確かめてもらうためだった。そしてあいつは、君が元気で別の男とつき合ってて幸せそうだと報告したんだ。君はもう僕との過去を乗り越えて先へ進んでいると」

「彼はあなたについても同じような話をしたわ。そして私は、それを信じた。あなたはこの町から逃げ出したがっていたし、何よりもプロフットボール選手になることを望んでいた。私はあなたの夢を邪魔したくなかったのよ」

「なんてことだ！」心を落ち着かせるためか、ナッシュはいったん目を閉じ、また開けてハーロウを見た。「僕はスターリングの投資詐欺とは無関係だ。そう言ったら、信じてくれるかい？」

「信じるとも」孫娘二人が答える前に、祖父が言った。「そして、わしらは二度とその件を口にしない。話はこれで終わりだ」自分の言葉を強調するように、ポピーは杖《つえ》で床を強く叩いた。

「ガス、話はまだあります」ナッシュはハーロウの手を取り、自分の膝にのせた。「まず、デイヴィスが僕の息子だと公表したい。もちろんデイヴィス本人にも僕が父親だと教えたい。詳しくはあとでハーロウと話し合うつもりです。スターリングについても、まだ恥ずかしくて黙っていた話がある」

「まだあるの？　最低のならず者ね！」モンローが口をゆがめると、やけどの跡が引きつった。

「モンロー！」なんでも許して忘れる主義のポピーは、孫娘たちの無作法な言動に耐えられないのだ。

「ポピー、私はナッシュじゃなくてエージェントのことを言ったのよ。ナッシュ、なぜそんなならず者と関わるようになったの？」モンローは尋ねた。

「それは、自分でもなぜだったのかと問い続けている。僕も、ほかの十人近いアスリートたちもね。みんな若くて世間知らずで、成功したいと躍起になっていたから、スターリングが心底僕たちのためを思ってくれていると信じてしまったんだ。彼は口がうまくて頭が切れて博識で、有力者と知り合いだった。一方、僕たちは右も左もわからない新人選手だ。しかも彼は僕たちの稼ぎを余分にピンハネしていたから、僕たちがもっと稼げるよう手を貸すことで、自分もさらに潤ったというわけさ」

　ハーロウはナッシュを慰めたくて、握られた手を握り返した。彼もまた、だまされた被害者なのだ。

　ナッシュはポピーに向き直った。「スターリングは僕の勧めだと嘘をついて、あなたに投資を促した。マシスン家がどれほどの損失を被ったか、僕の弁護士から聞いて今日初めて知りました」

「あなたは知っていると思っていたの。そして今日までずっとあなたを責めていた」愛する人をひどく誤解していたと悟って、ハーロウの胸は痛んだ。

「私たちみんな、誤解していたわ。ポピーは別だけど」モンローでさえも、すまなそうな顔をした。

「他人を責めてもなんの役にも立たん。人は神に祈ってこそ救われる」祖父はモンローにウインクした。

「信頼していたエージェントが僕の大切な人たちを傷つけたと思うと、申し訳なくて、腹が立って、本当にやりきれない。この償いは必ずします」

「坊主、おまえにその義務はない。わしは自分の自由意思で書類にサインしたのだからな」

「ガス、ご親切には感謝しますが、それは違う。現在、僕の財政状況は悲惨だが、金を取り戻すべく弁護士が動いてくれているし、新たなスポンサー契約の前金も入ったから、なんとか立ち直れそうだ」ナッシュはテーブルに置いたファイルフォルダーをハーロウに渡した。「これが、償いの第一歩だよ」

ハーロウはフォルダーを開けて息をのんだ。全身の血が興奮に沸き立ち、顔が熱くほてった。「ナッシュ、ポピー、まさか、そんな」

「姉さん、じらさないでよ。いったいなんなの？」モンローがもどかしげに身を乗り出した。

「牧場の譲渡証書よ。ナッシュが借金を全額返済してくれたの」

「全額って、二番抵当の分も？」モンローの声は驚きのあまり上ずっていた。

「坊主、こんなことをする必要はない」

「いいえ、あります。ガス、あなたが僕を信頼したために財産すべてを奪われたと知りながら何もしなかったら、僕は一生自分を許せない」

「しかし財産を奪ったのはおまえではないだろう」

「それは問題じゃない。もうすんだことです。これでやっと重荷を下ろして真人間に戻れた気がする」

ハーロウはかぶりを振った。「私たち、これは受け取れないわ」だけど、ここまでしてくれた彼の善良な魂はいくら愛しても愛し足りない。

「いいや、受け取れる。自分たちのためではなく、デイヴィスのためだと思ってくれ」

そう言われたら反論できない。「ああ、ナッシュ。もうお礼の言葉もないわ」

「それはまだ第一歩だよ」ナッシュの口元に笑みが浮かぶと、モンローが忍び笑いをもらし、ポピーは声高に笑った。

ナッシュが立ちあがったので、ハーロウは彼が帰るのだと思った。ところが彼はフォルダーを彼女の手から取り、祖父に渡した。「では、ちょっと失礼して、ハーロウと散歩に行ってきます」

「散歩？　でも外は暗いわ」ナッシュに両手を取られ、ソファから立ちあがりながらハーロウは言った。

ポピーはきらりと目を光らせて口ひげの先を撫《な》で、モンローは姉をにらんだ。「姉さん、いったいいつから暗闇が怖くなったの？」

暗闇は怖くない。ただ、この愛する男性にまたも心を打ち砕かれることだけが怖かった。

「大丈夫。僕が君を守る」ナッシュがウインクした。

大きな手で手を包まれると、なぜか幸せな気持ちになった。もう牧場を失う心配をしなくていいのだと深く安堵《あんど》しながら、ハーロウはナッシュに導かれて外へ出た。金色の満月が行く手の小道を明るく照らしている。春の夜は涼やかで美しかった。

「どこへ行くの？」ハーロウはきいた。

「僕の家だ」

「一キロ近く歩くことになるわ」

ナッシュは肩をすくめた。「何か問題でも？」

「歩くのはかまわない。でも家に着くまで、なんの話なのかと気をもむのは嫌」彼のもう一人の女性の姿が思い浮かび、期待しすぎてはいけないとハーロウは自分に言い聞かせた。

「君と僕とデイヴィスの話だよ」牧草地の入り口の門まで来てナッシュは立ち止まり、門柱にもたれた。「火曜日にはフロリダへ戻らなきゃならない。向こうに着いたらしばらくはすごく忙しくなる」

ハーロウは身をこわばらせた。覚悟はしてきたが、やはり失望した。「ええ、よくわかるわ」

「いいや、わかっていない。僕は君と一緒にいたいんだ。君とデイヴィスと三人で一緒に。君たちも何日かフロリダへ来てくれないか?」

ハーロウは、牧草地に静かにたたずむ牛たちを眺めた。もうあの牛たちを売らずにすむ。ナッシュのおかげだ。「話が見えないんだけど。なぜ今? 休暇ということ? でもあなたは忙しいのに」

漆黒の空にまたたく幾千もの星を見あげて、彼はため息をついた。「確かに今は猛烈に忙しい。肩のリハビリをして、チームへの責任を果たして、エージェントの件や新たなスポンサー契約にも対処するためには、ぜひともフロリダにいる必要がある。だが僕はここにいたいんだ」

「以前はここから逃げ出したがっていたじゃない」

「それは若くて身勝手で、両親とは違う、金の心配をしなくていい生活のために大金を稼ぐと心に決めていたころの話だ。最近は、聖書の中のある一節が真実だと気づき始めた。はっきりとは覚えていないが、たとえ人が全世界を手に入れても自分の魂を失ったらなんの得にもならない。そんな言葉だった。僕は金とフットボールのことばかり考えて、もっと大切なものを見失っていた。二度と同じ過ちは犯さない。すまなかった。とても後悔——」

ハーロウはナッシュの唇に指を当てた。「もう謝らないで。例の投資の件は、あなたが真実を知って、話してくれて本当によかった。だって大切に思っている人に傷つけられたと感じて怒りを抱くのは、お金を失うよりもつらかったから。もう二度とあんな気持ちを味わいたくないわ」

「僕も、君にそんな気持ちを味わってほしくない。君には幸せでいてほしい。働きづめではない、なんの心配もない暮らしをしてほしい」ナッシュはハーロウの両手を取って、自分の胸に当てた。「知りたいことがある。正直に答えてくれ。今日からは互いに言葉を濁さず本音で話そう。できるかな？」

「私もそうしたいわ。昔の二人みたいにね」

「昔以上の関係になるのさ」ナッシュは彼女の指先にキスをした。「ハーロウ、僕を愛してるかい？」

「その質問はずるいわ」ハーロウは手を振りほどこうとしたが、彼は放さなかった。

「言っただろう？　本音で答えてくれ。もし僕を愛しているなら、君と将来をともにしたい。ここでも、フロリダでも、両方でも、場所はどこでもいい」

ブルネット美人の姿が頭を離れず、ハーロウはわきあがる希望をごくりとのみくだした。「デイヴィスと一緒に暮らしたいということ？」

「君とだよ」ナッシュは大きな手で彼女の顔を挟んだ。「ハーロウ、君を愛している。気づくまでにずいぶん時間がかかったが、君に、僕の人生にいてほしい。君と僕たちの息子と三人で家族として暮らしたい。もしも君が同じ気持ちならば、だが」

彼の言葉はうれしかったけれど、確かめなければならないことがある。「フロリダにいる恋人はどうするつもり？　もう別れたの？」

ナッシュは両手を脇に垂らし、困惑顔で一歩下がった。「恋人って？」

「しゃれた身なりのブルネット美人のことよ。ファッションモデルみたいだったわ。SNSにアップされた写真を見たの」

彼の困惑顔がたちまち晴れた。「僕の行動をこっそりのぞき見していたのかい？」

そのうれしそうな声が癪《しゃく》にさわって、ハーロウ

「たった一人であなたの息子を産んだときからよ」

ナッシュは自分の顔をこすってうめいた。「時を巻き戻せるなら、ずっと君のそばにいたさ」

「そして長年の夢をあきらめたの？　もしそうしていたら、あなたはここで不満を抱くことになったし、私もあなたからチャンスを奪った自分を許せなかった。私は起きた過去を絶対に後悔しないわ」

「君は大した女性だ。僕の親友で、僕の心を独占する人だ。これまできちんと伝えてこなかったが、僕は君が欲しい。君しか欲しくない。ブルネットの弁護士は美人かもしれないが、少々恐ろしい。僕はジーンズとブーツをはいた優しい赤毛の女性、スピード狂で乗馬が僕より得意な女性のほうが好みだ」

「そんな女性なら一人知っているかも。紹介してほしい？」ハーロウは彼の首に両腕を絡め、唇と唇が触れ合いそうで触れ合わないくらい顔を近づけた。

ナッシュの温かな吐息が肌を撫で、鳥肌が立った。


は彼の左腕に一発お見舞いした。「からかわないで。彼女とデートしながら、私を愛しているなんて、よくも言えるわね」

また叩かれる前に、ナッシュはハーロウの手をつかんだ。「ハーロウ、スウィートハート。あれはデートじゃないよ。彼女は僕の弁護士で、あの夜はスターリングから金を取り返す戦略を徹底的に話し合うためにディナーに行っただけだ」

「弁護士？　嘘でしょう。いったいいつから弁護士があんなモデルばりの外見になったの？」

「ミッキー・エイブルマンは美人かもしれないが、スターリングのような犯罪者を取って食う業界屈指の訴訟代理人だ。彼女は僕のことを、自分の弁護士事務所にまた一件勝訴の実績をもたらすクライアントとしてしか見ていないよ」

「本当に？」

「いつからそんな心配性になったんだ？」

「そんな女性ならもう見つけたよ。彼女が僕を受け入れてくれたらと祈っているところだ」

「彼女はとっくにあなたのものよ。昔からそうだったし、これからもそうだわ」

ナッシュはたくましい腕を彼女のウエストにまわし、月と星の光に照らされて二人は見つめ合った。

「僕たちは多くの時間を無駄にしたね。これから取り戻さなくては」

ハーロウは甘やかなめまいを覚えた。ナッシュは私とデイヴィスを愛している。彼は私が思っていたような下劣な泥棒ではなかった。ブルネット美人は弁護士だった。うれしすぎて頭がぼうっとした。

「ナッシュ・コービン、今までの人生ずっとあなたを愛してきたわ」ハーロウは彼の顎をそっと撫でた。

「残りの人生もずっと僕を愛し、僕に君を愛させてくれるかい？」

「それはプロポーズなの？　当面の最善策とかじゃなくて、今回は本物のプロポーズでしょうね？　さもないと、一緒にフロリダへは行かないわよ」

「本物だとも。おっと、大事なものを忘れるところだった」ナッシュはジャケットのポケットを探った。「プロポーズより大事なものなんてある？」

「これだ」彼がポケットから小箱を取り出してふたを開けると、二つの指輪が月の光にきらめいた。

ハーロウは息をのみ、目に涙があふれた。「母の形見の指輪だわ。いったいどうやって……？」

「身代金を払ったのさ」ナッシュは満足そうにほほ笑んだ。「これが君にとってどれほど大切か知っていたからね。覚えてるかい？　これを手放して泣く君を腕に抱いて慰めた。あのときはつらくて胸が張り裂けそうだったよ。借金も、水道の修理代も、何もかも払ってあげたかった。だができなかった。君を一生守り、君が二度と泣かないようにしたかった。あのときに気づいたんだ。君を愛していると」

「なぜ愛していると言ってくれなかったの？」

「プライドのせいかな。あのときは、自分の愚かさゆえに財産を失い、君とデイヴィスにふさわしい男に、立派な一家の稼ぎ手になれないのではと不安だった。さて、では正式なプロポーズといこうか」

周囲をゆったりと動きまわる牛たちの中で、頭上にまたたく星の下で、ナッシュは夜露に濡《ぬ》れた牧草に片膝をついた。

「僕の熱愛する女性であり、僕の愛らしい息子の母親でもあるハーロウ・マシスン、経済的にも肉体的にもぼろぼろの僕ですが、結婚してくれますか？」

「一時的に不調なだけでしょう。肩はやがて治るわ。そしてどんな悪徳エージェントも、あなたのプロ選手としての成功や、経済的な成功をいつまでも阻止はできない。それにもし永遠に不調だったとしても、私は相変わらずあなたを愛し続けるわ」

ナッシュは顔をほころばせた。「君はいつでも心の奥底では僕を信じてくれていた。僕を投資詐欺で一家を苦しめた悪党だと誤解していたときでも」

「きっと愛にはそういう力があるのね」

「それじゃあ、結婚してくれるかい？」

「イエスよ！　もちろん結婚するわ」

喜びに目を輝かせて、ナッシュは形見の婚約指輪をハーロウの左手薬指にはめた。

半泣き半笑いしながら、ハーロウは大きな硬い体にもたれ、涙で濡れた顔を温かな首にうずめた。ナッシュは彼女を軽々と受け止め、これから先ずっとそうすると約束したように、しっかりと支えた。

「泣いているのかい？」そう尋ねる彼の声もかすれて詰まりぎみだ。

「いいえ、すごく幸せよ」ハーロウは彼の肩ですすり泣いた。

「僕も幸せだよ」ナッシュは低く笑った。

# エピローグ

ハーロウは今までバレンタインデーが好きではなかった。でも今日は、そして今日からは好きになるだろう。プロポーズされた日から一年弱の間に多くの出来事があった。そして今日ついに、ナッシュと彼女はこの最良の日を迎えたのだ。

　まだ冬の寒さが居座り、灰色の雲が太陽を隠している今日、二人の愛は世界を明るく照らすだろう。

「姉さん、行くわよ」花嫁付添人代表のモンローは、優雅な赤いワンショルダードレスにハイヒールを合わせ、まぶしく輝いている。あれほど高いハイヒールをはいた妹をハーロウは初めて見た。ブロンドの髪を半分結いあげ、半分はやけど跡の残る頬に垂らした髪型は一九四〇年代の映画スターのようだ。

「もし本当にあの特大サイズのろくでなしと結婚する気なら、彼がお待ちかねよ」

「あなたもナッシュが好きなくせに」ハーロウはモンローから借りた母のイヤリングをつけた。伝統を守り、古い何かと新しい何か、借りた何かと青い何かを身につけたのだ。

「まあね。彼が姉さんを王族のように扱う限り、膝頭を叩《たた》き割る刑は勘弁してあげてもいいわ」

　頑固な妹も、ようやくナッシュの魅力と優しさに降参したわけだ。ハーロウはうれしくてモンローを抱きしめた。

「そのドレスを着た姉さんはとてもきれいよ。見たとたん、彼は気絶するか、泣きだすかも。大の男が泣くのを見るのは楽しみだわ」

「でも、これはさすがに着飾りすぎじゃない？」ハーロウはチューリップ型のスカートを撫《な》でた。純白のレースのロングドレスに華奢《きやしや》なストラップヒールサンダル。まるでおとぎ話のプリンセスだ。この結婚式のすべてが現実離れしている。

バレンタインデーにちなんで、式のテーマカラーはピンクと白と少量の赤と決まった。ナッシュのタキシードは黒、シャツは白なので、あとは君に任せると言われたハーロウは、赤いネクタイを選んだ。

「そのドレスは完璧よ。姉さんらしいわ」

「私らしいのは、泥だらけのブーツと色あせたジーンズよ。これはまるで夢かおとぎ話みたい」

「結婚式というのはそうあるべきなのよ」モンローはきれいに整えられた眉を皮肉っぽく上げた。

「マミー、まだ行かないの？」ソファに腹這《はらば》いになり、母の携帯電話でアニメを見ていたデイヴィスが、そわそわしだした。四歳になった息子は、今日もフットボール選手の横縞《よこじま》のジャージを着たがった。だが、僕たちは同じ格好をするんだとナッシュに諭されれ、あこがれの父の言葉に従った。

ここ一年間があまりにすばらしすぎて、ハーロウは朝目覚めたとき、すべて夢だったのではないかとよく頬をつねって確かめたものだ。

そして、最良の今日を迎えた。唯一残念なのはテイラーがこの場にいないことだった。ハーロウは花嫁付添人のドレスまで送って来てほしいと頼んだ。テイラーもいったんは承知したのに、気が変わったらしい。〝ごめん。行けないわ。私のために式のビデオを撮っておいてね〟それだけだ。欠席の理由を説明しようとすらしなかった。

拒絶されてまだ胸は痛いが、ハーロウはその悲しみで今日を台なしにしたくなかった。テイラーは昔から変わった子なのだ。高校時代のあるトラブル以来、秋風のようにどちらへ吹くかわからない気まぐれ屋になってしまった。

ハーロウは最後にもう一度鏡を見て、宝石で飾られたヘッドドレスの位置を直し、長い髪をチェックするとうなずいた。「さあ、用意ができたわ」

デイヴィスがぴょこんと勢いよく立ちあがった。

「パパも来てる?」

「ええ、私たちを待っているわよ」ハーロウはしゃがんで、息子の曲がったネクタイを直した。

「ねえ、もうケーキ食べられる?」

「もうすぐね。モンロー、ポピーはどこ?」

「今、来るところよ」モンローは廊下のほうを顎でしゃくり、デイヴィスと花嫁付添人の一団を整列させようとドアを出ていった。

入れ替わりに祖父が現れた。杖《つえ》をつかずに孫娘とバージンロードを歩くため、黒いズボンの下には両膝装具をつけている。かつてテキサス最大の牧場で牛を追っていたこの老人の孫であることは、ハーロウの誇りだ。どんな嵐に見舞われても、ポピーは頑丈な大地のごとく彼女を支えてくれた。

祖父は花嫁を見ると、あふれた涙をまばたきで払った。カウボーイは絶対に泣かん、とポピーは言うけれど、ハーロウはそれが建前だと知っていた。

「おやまあ、うまく飾り立てたもんだ。珍しい赤白ぶちの雌馬みたいにきれいじゃないか」

祖父にしては、かなりの褒め言葉だ。

「ポピー、愛してるわ。私を育ててくれて、愛してくれて、たくさんのことを教えてくれて、本当にありがとう。ポピーは最高よ」

「ああ、わしもおまえを愛しとる」祖父は咳払《せきばら》いしてうなずいた。「さて、ショーを始めるとするか」

ハーロウは祖父が曲げて差し出した肘に手を添え、花婿に向かって進む第一歩を踏み出した。

ナッシュは控室で赤いネクタイをまた結び直した。もう十回目だ。ナショナル・フットボール・リーグ《NFL》の試合に初めて出る新人選手並みに落ち着かないのは、結婚に迷いを感じるからでも、親しい友人や家族が小さな教会に詰めかけているからでもない。

数分後に、彼は自分の息子の母親である最愛の女性と結婚するのだ。フットボールのフィールドでも、これほど気持ちがはやったことはない。

花婿付添人たち――NFLのチームメート、ザックとアーロン、高校時代の親友ジョナスの三名は、互いにすぐ打ち解け、冗談を飛ばし合っている。

ナッシュの肩はすっかり回復し、今季は見事な活躍ぶりだった。彼のチームはプレーオフに進むことこそできなかったものの、ナッシュの実績は評価され、契約金も上がった。

何よりうれしかったのは、スターリング・ドーシーが投獄されたことだ。奪われたナッシュの資産の大半はすでに消えていたが、辣腕弁護士のおかげでかなりの金額を回収できた。現在はすべての資産管理をナッシュ本人が行っている。

これでやっと家族を扶養できる。すばらしい妻と息子にふさわしい暮らしを与えられるのだ。

人生は順調だ。そして今日からさらによくなる。

今季、彼のチームは優勝を逃した。だが今日、妻を得て、正式に息子の父親となることで、ナッシュ自身はかけがえのない賞を二つも得るのだ。

フットボールのシーズン中、ハーロウとデイヴィスはフロリダと牧場を行き来して、家族が離れ離れになる時間を減らした。ナッシュは二人をフロリダのあちこちに案内して楽しんだ。シーワールドを訪れてから、デイヴィスは大きくなったらイルカの飼育員になると言い始めた。それと、パパみたいなフットボールの選手になりたいとも言っている。

ハーロウはサンダウン・ヴァレーを一家の本拠地、フロリダは別荘にしたい考えだ。八十一歳の祖父を一人にはできないという彼女の献身的な愛情に、ナッシュは異を唱えられなかった。

都会であれ田舎であれ、ハーロウがそこにいれば、ナッシュは満足だった。かつては牧場経営のストレスから逃げたいと思っていた彼だが、今は真の友情の価値を知り、自分の故郷のよさを認めていた。

クラウド牧師に呼ばれると、ナッシュは胸を高鳴らせ、止めようにも止められない笑みを浮かべ、三人の親友とともに控室を出た。

今日は母も、再婚した夫ダニーとともに、はるばるアイルランドから来ている。母は自分と同じえくぼを持つ孫に会えて有頂天だった。そして息子がとうとう目を覚まして、いつも彼を熱愛していた隣家の少女と結ばれたことを大いに喜んでくれた。

女性たちは常に賢く、先見の明があるようだ。

花婿と花婿付添人がクラウド牧師と並んで祭壇の前に立つ間、ピアノは静かな賛美歌を奏でていた。音楽が《結婚行進曲》に変わり、ハーロウの姿がバージンロードの端に現れると、ナッシュの心臓は胸郭を破って飛び出しそうなほど激しく打った。

この瞬間について本で読んだことはあった。だが作家の想像力の産物だろうと思っていた。

それは間違いだった。

全身の細胞一つ一つが喜びにはじけた。

心の目は、写真を撮りまくるカメラマンのように、花嫁の姿を細部までくまなくとらえた。

誇らしげに姿勢を正したガスの隣で、白いウエディングドレスに身を包んだハーロウは、まさに息をのむ美しさだった。赤とピンクと白のバラのブーケを持ち、長い赤褐色の髪は波打って一方の肩へ流れ落ち、耳たぶから垂れさがって揺れるダイヤモンドのイヤリングが明かりを受けてきらめいている。

恋する花嫁は内側から輝くと聞いたことがある。だが今の今まで信じていなかった。僕の顔にも彼女と同じうっとりした表情が浮かんでいるのだろうか。

たぶんそうだろう。

その後はビデオの早送りのようにすばやく進んだ。ナッシュは誓いの言葉を述べながら、のちにハーロウと二人で思い起こせるよう、すべての瞬間を心にしまっていった。礼拝堂内の参列者全員の顔に笑みが浮かんでいた。中には彼の母のように、ほほ笑みつつ涙を浮かべる者もいた。

やがて指輪の交換が終わり、気がつけば彼は夫になっていた。

「ナッシュ、花嫁にキスを」牧師が言った。

「喜んで」ナッシュは、ほてった顔を上向けたハーロウの唇に思いきりキスをして、笑みを含んだ目で妻を見つめた。「愛してるよ」

「当然でしょう」ハーロウがいたずらっぽくほほ笑み、彼の顔を引きおろしてもう一度キスをすると、信徒席にさざ波のように笑いが広がった。

そのとき、小さな体がナッシュの脚に抱きついた。父に抱えあげられ、デイヴィスはきいた。「ねえ、これで終わり？　もうケーキ食べられる？」

二度目の笑いの波が礼拝堂中に広がり、カメラのシャッター音が響き、ハーロウはブーケを投げて宣言した。「さあ、ケーキの時間よ！」

教会内の集会室で披露宴が盛りあがっていたとき、それは起きた。その二つの出来事は、すでにすばらしかった婚礼の日にさらなる彩りを添える奇跡として、ハーロウの心に永遠に刻まれるだろう。

CDプレーヤーから音楽が流れ、料理のにおいがバラの香りと混じり合い、新郎新婦の幸せを祈る大勢の招待客がひしめく中、ハーロウは夫の手を取り、美しく飾られたウエディングケーキにナイフを入れようとしていた。カメラマンがひっきりなしにシャッターを押し、新聞への記事掲載を許可されたローレル・マクスウェルも写真を撮った。その傍らには夫のイェーツ・トルードーの姿があった。

ハーロウとナッシュがケーキに入刀した瞬間、集会室のドアが大きく開き、冷たい風が吹きこんだ。

「見て！」誰かが叫んだ。「雪だわ」

ハーロウは目を上げ、一瞬ケーキのことを忘れた。胸が弾み、心が歌いだした。もうこれ以上ないほど幸せだと思っていたのに、まだ上があったなんて。

まるで白鳩《しらはと》の羽根が天から舞い降りるように、ふわふわの白いかけらが空からゆっくりと落ちてくる。でもハーロウの視線の先にあるのは、完璧なタイミングで降りだした雪ではなかった。

白い天の恵みは、花嫁付添人のピンク色のドレスをまとい、息を切らしてほほ笑む黒髪の女性の上にも舞い落ちていた。遅刻だが、来てくれたのだ。

「テイラー」ハーロウは胸を締めつけられた。

「突然の雪とともに、ひょっこり登場だ」ナッシュが耳元で楽しげにささやいた。

「あなたが連れてきてくれたのね」

「ウエディングプレゼントさ。雪を降らせたのは僕じゃないけど」

「ありがとう」ハーロウは長年抱き続けた愛のすべてを込めて、夫のたくましい顎に触れた。

「さあ、家族に挨拶しに行こう」ケーキをあとに残し、ナッシュは花嫁の手を取ってドアへ向かった。

夫は私たち家族全員を、気まぐれな妹も含めて、一つに結びつけてくれた。

彼が母の婚約指輪を買い戻し、私の指にはめてくれたあの特別な夜から、ナッシュは私と息子と過ごせなかった失われた時間を取り戻すため、できることはすべてしてきた。

ナッシュを愛し、彼が愛に気づくまで待ち続けてよかった。そして、この愛は永遠に続くのだと、ハーロウは今悟った。

ハーレクイン®

小さな命、ゆずれぬ愛
2024年7月20日発行

| | |
|---|---|
| 著　　者 | リンダ・グッドナイト |
| 訳　　者 | 堺谷ますみ（さかいや　ますみ） |
| 発 行 人 | 鈴木幸辰 |
| 発 行 所 | 株式会社ハーパーコリンズ・ジャパン<br>東京都千代田区大手町 1-5-1<br>電話 04-2951-2000（注文）<br>0570-008091（読者サービス係） |
| 印刷・製本 | 大日本印刷株式会社<br>東京都新宿区市谷加賀町 1-1-1 |
| 表紙写真 | © Rene Jansa ｜ Dreamstime.com |



ISBN978-4-596-63700-0 C0297

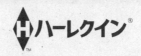

7月26日発売

# ハーレクイン・シリーズ 8月5日刊

## ハーレクイン・ロマンス

愛の激しさを知る

| | | |
|---|---|---|
| コウノトリが来ない結婚 | ダニー・コリンズ／久保奈緒実 訳 | R-3893 |
| ホテル王と秘密のメイド《純潔のシンデレラ》 | ハイディ・ライス／加納亜依 訳 | R-3894 |
| ときめきの丘で《伝説の名作選》 | ベティ・ニールズ／駒月雅子 訳 | R-3895 |
| 脅迫された花嫁《伝説の名作選》 | ジャクリーン・バード／漆原　麗 訳 | R-3896 |

## ハーレクイン・イマージュ

ピュアな思いに満たされる

| | | |
|---|---|---|
| 愛し子がつなぐ再会愛 | ルイーザ・ジョージ／神鳥奈穂子 訳 | I-2813 |
| 絆のプリンセス《至福の名作選》 | メリッサ・マクローン／山野紗織 訳 | I-2814 |

## ハーレクイン・マスターピース

世界に愛された作家たち
〜永久不滅の銘作コレクション〜

| | | |
|---|---|---|
| 心まで奪われて《特選ペニー・ジョーダン》 | ペニー・ジョーダン／茅野久枝 訳 | MP-99 |

## ハーレクイン・ヒストリカル・スペシャル

華やかなりし時代へ誘う

| | | |
|---|---|---|
| ハイランダーの秘密の跡継ぎ | ジェニーン・エングラート／琴葉かいら 訳 | PHS-332 |
| 伯爵に拾われた娘 | ヘレン・ディクソン／杉本ユミ 訳 | PHS-333 |

## ハーレクイン・プレゼンツ作家シリーズ別冊

魅惑のテーマが光る
極上セレクション

| | | |
|---|---|---|
| 炎のメモリー | シャロン・サラ／小川孝江 訳 | PB-390 |

※予告なく発売日・刊行タイトルが変更になる場合がございます。ご了承ください。

# 今月のハーレクイン文庫

7月刊 好評発売中!

Harlequin 45th Anniversary

帯は1年間"決め台詞"!

## 珠玉の名作本棚

### 「プロポーズを夢見て」
**ベティ・ニールズ**

一目で恋した外科医ファン・ティーン教授を追ってオランダを訪れたナースのブリタニア。小鳥を救おうと道に飛び出し、愛しの教授の高級車に轢かれかけて叱られ…。

(初版：I-1886)

### 「愛なきウエディング・ベル」
**ジャクリーン・バード**

シャーロットは画家だった亡父の展覧会でイタリア大富豪ジェイクと出逢って惹かれるが、彼は父が弄んだ若き愛人の義兄だった。何も知らぬまま彼女はジェイクの子を宿す。

(初版：R-2109「復讐とは気づかずに」)

### 「一夜の後悔」
**キャシー・ウィリアムズ**

秘書フランセスカは、いつも子ども扱いしてくるハンサムなカリスマ社長オリバーを愛していた。一度だけ情熱を交わした夜のあと拒絶されるが、やがて妊娠に気づく——。

(初版：I-1104)

### 「恋愛キャンペーン」
**ペニー・ジョーダン**

裕福だが仕事中毒の冷淡な夫ブレークに愛されず家を出たジェイム。妊娠を知らせても電話1本よこさなかった彼が、3年後、突然娘をひとり育てるジェイムの前に現れて…。

(初版：R-423)